Una noche en su cama

Christina Hollis

Bianca™

HARLEQUIN™

Editado por HARLEQUIN IBÉRICA, S.A.
Hermosilla, 21
28001 Madrid

I.S.B.N.: 978-84-671-6121-2
Depósito legal: B-19885-2008
Editor responsable: Luis Pugni
Preimpresión y fotomecánica: M.T. Color & Diseño, S.L.
C/. Colquide, 6 portal 2 - 3º H. 28230 Las Rozas (Madrid)
Impresión y encuadernación: LITOGRAFÍA ROSÉS, S.A.
C/. Energía, 11. 08850 Gavá (Barcelona)
Fecha impresion para Argentina: 8.12.08
Distribuidor exclusivo para España: LOGISTA
Distribuidor para México: CODIPLYRSA
Distribuidores para Argentina: interior, BERTRAN, S.A.C. Vélez
Sársfield, 1950. Cap. Fed./ Buenos Aires y Gran Buenos Aires,
VACCARO SÁNCHEZ y Cía, S.A.
Distribuidor para Chile: DISTRIBUIDORA ALFA, S.A.

Capítulo 1

LA SUPERSTICIOSA de Enrica acaba de ver un gato negro y, según ella, eso significa que los piratas han llegado a la ciudad. ¡Será mejor que te quites ese trapo negro e intentes cazar a alguno rico, Sienna! –gritó Imelda Basso desde la ventana.

Abajo, en el patio, Sienna, su hijastra, tuvo que apretar los dientes mientras sonreía. No dijo nada. A veces, el silencio era su única arma contra Imelda.

Sienna cargó la última caja en la furgoneta de la cooperativa y escapó al mercado. Trabajando allí al menos salía de la casa, pero esa libertad a veces le asustaba un poco. En el mercado de Portofino se sentía como un pollito recién escapado del gallinero. Era tal contraste con su vida normal que lo único que quería hacer cuando llegaba allí era esconderse, ponerse a tejer y ocupar el menor espacio posible.

Pero eso no podía ser. Nadie le compraría nada a un ratoncillo. Y la cooperativa de Piccia necesitaba vender, sus miembros dependían de aquel puesto. Además, últimamente pretendían aumentar su contribución a las obras benéficas locales. Y eso significaba que todo el mundo tenía que aportar algo, Sienna incluida. Sí, tenía que hacer un esfuerzo.

Y estaba empezando a desarrollar una estrategia: mantener la cabeza baja y fingir que estaba siempre ocupada hasta que un cliente estuviera dispuesto a comprar algo.

Sienna veía muchas caras familiares en el mercado, pero nunca había sido tan valiente como para entablar conversación con nadie.

Sin embargo, aquel día era diferente. Alguien llamó su atención… y la retuvo. Un extraño muy alto moviéndose entre el caos de carga y descarga del mercado. Era tan diferente del resto de los hombres de por allí… Iba muy bien vestido y parecía absolutamente seguro de sí mismo. Sienna se arriesgó a mirarlo de forma disimulada. Nadie sospecharía que una tímida viuda lo mirase por algo más que curiosidad.

El recién llegado era diferente, sí. Su ropa, la decidida actitud, el pelo oscuro bien cortado y las atractivas facciones lo convertían en alguien especial. Iba de puesto en puesto con el aire de un emperador romano.

Sienna lo observó probando aceitunas, nueces o aceptando un trozo de queso de cabra. No se detenía mucho tiempo en ningún sitio, no compraba nada, pero seguía moviéndose de un lado a otro. Sienna jamás se habría atrevido a probar algo en un puesto y marcharse después sin comprar nada. Pero para aquel hombre no parecía ser un problema.

De repente vio, horrorizada, que se dirigía a su puesto. ¿Qué iba a decirle? Era un hombre tan atractivo... y con mucho dinero, a juzgar por su apariencia. Sería un cliente ideal. Si pudiese convencerlo para que comprase algo mientras el resto de los puestos habían fracasado...

Con cierta dificultad, Sienna apartó la mirada del extraño. Si no lo miraba directamente quizá pasaría de largo. ¿Por qué tenía que pasarle aquello cuando estaba sola?, se preguntó, restregándose las manos. Ana María o cualquier otro miembro de la cooperativa se habrían puesto a hablar con él tranquilamente. Pero lo único que ella podía hacer era ponerse colorada y darse la vuelta, esperando que el hombre pasara de largo.

Nerviosa, contó el cambio que llevaba en el bolsillo y comprobó que todos los productos estaban bien colocados, tocando cada uno para que le diera buena suerte. Y repitió el ritual hasta que casi estuvo segura de que el extraño había pasado de largo. Aun así, esperó un rato antes de atreverse a levantar la mirada.

El hombre había desaparecido y Sienna suspiró, aliviada. Le avergonzaba ponerse colorada, pero no podía evitarlo. En Piccia, donde vivía, uno tardaba una vida entera en forjarse una buena reputación. Y la gente esperaba cierto comportamiento de una viuda. Una palabra o un gesto fuera de lugar podían destruir tu reputación para siempre.

Entonces pensó en la mujer cuyo marido se había divorciado de ella para casarse con su amante. La mujer era la parte inocente, pero miraditas y susurros la habían seguido a todas partes y, al final, tuvo que marcharse de su propia casa.

Sienna no quería ni pensar en ser objeto de murmuraciones. Su madrastra, Imelda, jamás la perdonaría. Y su furia le asustaba más que nada. Sólo pensar que pudiera enfadarse con ella la mantenía en el camino recto… aunque el camino de la virtud era el más fácil en Piccia porque no había ninguna tentación. Todos los chicos se marchaban de allí en cuanto les era posible. Sólo los hombres casados o los que ya eran demasiado viejos seguían viviendo en el pueblo.

A ella le gustaba la vida que llevaba en Piccia, pero el precio era muy alto. Además, Imelda estaba decidida a casarla con un hombre rico en cuanto se hubiera quitado el luto…

El difunto marido de Sienna sólo tenía un pariente lejano, un primo segundo llamado Claudio di Imperia, y ése era el hombre que Imelda tenía en mente como su siguiente marido. Pero una sola

mirada al rostro delgado y pálido de Claudio le
había confirmado que la palabra «diversión» le era
totalmente desconocida.

Si tenía que volver a casarse, ¿por qué no podía
ella elegir a su marido?, se preguntaba, enfadada.

El guapo extraño estaba ahora inclinado sobre
un puesto de frutos secos al otro lado del mercado. Y, mientras él estaba ocupado, Sienna aprovechó para estudiarlo furtivamente.

Iba vestido de Armani y llevaba el pelo castaño
oscuro bien cortado. Menudo contraste con su
«futuro marido». Claudio llevaba los puños de la
camisa deshilachados y un corte de pelo desas-
troso. Pero Imelda siempre decía que daba igual
el aspecto de un hombre mientras tuviese dinero
en el banco.

En casa de Sienna, la palabra de Imelda Basso
era la ley. Lo único que aquella mujer temía era la
opinión de la gente, por eso ella había decidido
seguir vistiendo de negro el mayor tiempo posible. Era una protección. Nadie en el pueblo perdonaría que su madrastra quisiera casarla mientras
«la pobre chica» seguía de luto.

El guapísimo extraño se dirigía de nuevo hacia
su puesto y Sienna bajó la mirada inmediatamente, ensayando lo que iba a decirle si se paraba
allí. Pero entonces recordó los comentarios iróni-
cos de su madrastra: «¿Quién va a estar interesado
en la basura casera de Piccia?».

Sienna dejó caer los hombros, desolada. ¿No podía escapar de esa mujer? El eco de su voz invadía hasta sus sueños.

¿Tendría razón? ¿Le interesarían sus cosas a un hombre rico? Quizá podría comprar una de esas chocolatinas caseras envueltas en papel de celofán para su igualmente envuelta en celofán novia. Porque seguramente tendría una, pensó. Y seguro que nunca iba de negro.

—Perdone, señorita… ¿podría decirme dónde está la iglesia de San Gregorio?

Sienna hizo un esfuerzo para levantar la mirada. No era su apuesto héroe sino dos simples turistas y, aliviada, les indicó cómo llegar. E incluso fue capaz de intercambiar un par de frases.

Pero mientras estaba ocupada charlando con los turistas una presencia había aparecido frente a su puesto. Ésa era la única manera de explicarlo: el alto y bien vestido extraño se materializó a su lado.

Estaba sola con él, de modo que no tuvo más remedio que sonreír tímidamente. Aunque nadie podría acusarla de estar coqueteando. Incluso a veinte kilómetros de casa, Sienna sabía que en el momento que mostrase el menor interés por un hombre la noticia llegaría a su madrastra antes de que alguien pudiera pronunciar las palabras «tórrida aventura».

La visión le devolvió la sonrisa.

–La he oído hablar en mi idioma con esa pareja –le dijo, con acento norteamericano–. ¿Podría decirme cuál es el mejor restaurante de por aquí?

¿Eso era todo lo que quería? Sienna debería haber sentido alivio, pero no era así; su mirada era demasiado intensa. Sus ojos castaños la hipnotizaban… y tuvo que bajar la cabeza. El mejor sitio para comer estaba a unos veinte kilómetros de allí, detrás de las colinas. Casi nadie en Piccia podía permitirse comer en Il Pettirosso, donde trabajaba el marido de Ana María, Angelo, pero era el restaurante al que Sienna iba en sus sueños.

Como todos los empleados hablaban el dialecto de la zona y el extraño no parecía dominar el italiano, quizá no era el mejor sitio para él. Aunque, en realidad, aquel hombre podría ir a cualquier sitio. Y también era la clase de hombre que podría convertir una simple réplica en una conversación, pensó luego, nerviosa.

Y una conversación era un riesgo para ella.

–Hay muchos restaurantes en la playa, *signor*. Y todos tienen menús en inglés y francés.

–Me han dicho que los restaurantes de la playa se aprovechan de los turistas. Además, yo estoy buscando algo especial.

–En ese caso, el mejor sitio está a veinte o treinta minutos de aquí en taxi. Y la parada de taxis está lejos del mercado.

Especialmente llevando un calzado como aquél, pensó Sienna, mirando sus carísimos zapatos de Gucci.

–Eso da igual. Pensaba alquilar un coche e invitar a unos amigos a comer.

Sienna se atrevió a mirarlo. Algo había cambiado en su expresión. Era como si una nube hubiera pasado delante del sol… quizá porque no le gustaba dar información sobre sí mismo.

–Si va al restaurante que le recomiendo, debería ir con alguien que conozca el dialecto local. Quizá alguno de sus amigos, *signor*. Il Pettirosso está en un sitio remoto… ¿Seguro que no quiere ir a alguno de los restaurantes de la playa? Tienen tal volumen de negocio que todos los empleados hablan su idioma. Y va mucha gente famosa –dijo Sienna, en caso de que también él fuera famoso y no lo hubiera reconocido.

–No me gusta ver a la gente tirando dinero sólo con objeto de dar una buena impresión –contestó él–. Prefiero buena comida y buen servicio en excelente compañía. ¿En cuál de esos sitios preferiría comer usted?

–¿Si pudiese ir a cualquiera? –preguntó Sienna, que no podía imaginar tal lujo.

–Ir a cualquier restaurante, gastarse el dinero que hiciera falta… me da igual lo que cueste mientras merezca la pena.

–Ah, entonces es fácil: Il Pettirosso… aunque

tuviera que comprar un diccionario para entender la carta. Es un sitio maravilloso con ventanas emplomadas para que la gente que pasa por allí no pueda ver el interior. Están especializados en platos locales y todo es fresco, del día, preparado con los mejores ingredientes.

El extraño sonrió.

–Suena muy bien. Cocina auténtica en un restaurante con un nombre auténtico.

–El *pettirosso* es un pájaro, *signor*. Pero no creo que los vea en el restaurante… a menos que tengan fotografías en la carta.

El hombre inclinó a un lado la cabeza.

–¿Está diciendo que usted no ha ido nunca a comer allí?

Sienna negó con la cabeza. Imaginar a su difunto marido, Aldo, llevándola a Il Pettirosso, la hizo sonreír.

El extraño sacó un móvil del bolsillo… y se lo ofreció a Sienna.

–¿Para qué?

–¿Le importaría reservar mesa por mí, *signorina*? Podría tener un problema para hacerme entender. Necesito una mesa para cuatro a las dos.

–Tendría que llamar a información… espere, yo tengo un lápiz por aquí –murmuró Sienna–. Pero tiene que darme un nombre, *signor*.

–Ah, bien. Garett Lazlo.

Después de conseguir el teléfono, Sienna llamó

al restaurante y, para su asombro, la reserva fue aceptada de inmediato. Y, además, la recepcionista le dio las gracias calurosamente. Durante unos segundos, Sienna se imaginó a sí misma como la ayudante personal del extraño…

–Y ahora, *signorina*… ¿podría indicarme dónde puedo encontrar una empresa de alquiler de coches?

Garett Lazlo volvió a guardar el móvil en el bolsillo de la chaqueta.

–Si va hasta el final del mercado y luego gira a la derecha encontrará una a menos de quinientos metros.

–Gracias.

Sienna bajó la mirada y esperó unos segundos. Cuando se atrevió a levantarla de nuevo, el extraño se alejaba con la chaqueta colgada al hombro. Ahora podía mirarlo libremente… porque todo el mundo en el mercado estaba haciendo exactamente lo mismo. Una persona más no llamaría la atención. Aunque esa persona fuera «la pobrecita Sienna» como solían llamarla cuando creían que no los oída.

Había muchos extranjeros en Portofino, pero aquél era algo especial. Mientras lo observaba alejándose, Sienna recordaba la conversación sintiendo mariposas en el estómago. Aunque seguramente él ya la habría olvidado. Estaba de nuevo mirando los puestos con genuino interés, el sol de la mañana haciendo brillar su inmaculada camisa blanca. Por contraste, su pelo era casi negro, ligeramente ondulado.

Sienna se preguntó entonces cómo sería pasar los dedos por ese pelo…

Ese pensamiento le alarmó, pero no podía hacer nada. Sólo podía mirarlo furtivamente hasta que dio la vuelta a una esquina.

No echó la vista atrás ni una sola vez. Por contraste, ella se pasó una hora mirando alrededor para ver si había vuelto.

La temporada acababa de empezar y, aunque había muchos turistas en Portofino, el negocio era lento. Sienna intentó dejar de pensar en el guapo americano, pero le resultaba difícil. Aquel hombre había despertado un extraño anhelo en ella.

Aburrida, se puso a trabajar, colocando y recolocando los productos sobre la mesa. El encaje hecho a mano en Piccia era muy popular y ahora que Molly Bradley también estaba aprendiendo a hacerlo no faltarían cosas que vender.

Kane y Molly Bradley eran nuevos en Piccia. Un matrimonio extranjero muy amable. Sienna los había conocido en la tienda de alimentación donde su rústico italiano les había ganado miradas de desprecio de la gente. Pero, poco a poco, habían empezado a ser aceptados por la comunidad.

A Sienna no le molestaba la gente nueva mientras fueran como los Bradley. Al menos, ellos no eran de los que compraban una casa y la tenían vacía todo el año.

Sienna estaba a punto de servirse un café cuando una voz la sobresaltó:

–Hola otra vez, *signorina*. Venía a darle las gracias por sus indicaciones. No he tenido el menor problema.

No era difícil reconocer esa voz. Con cierto temor, y cierta esperanza, Sienna levantó la mirada. Enrica no se había equivocado al decir que habían llegado piratas a la ciudad.

No se atrevió a saludar al extraño más que con un asentimiento de cabeza pero él no parecía darse cuenta de su nerviosismo porque, inclinándose hacia delante, plantó las manos firmemente sobre la mesa que le servía de mostrador.

–De nada –dijo Sienna por fin. Ya pensaba en aquel extraño como «El Pirata», de modo que sus siguientes palabras no deberían haberle sorprendido, pero así fue.

–Tengo el coche, pero como ninguno de los diccionarios que he visto incluye indicaciones para llegar a Il Pettirosso, he venido a buscarla –dijo, con una sonrisa devastadora en los labios.

–¿A mí?

–Es la solución perfecta, *signorina*. Si usted

me acompaña llegaré allí de una pieza y por la ruta más directa.

Nerviosa, Sienna tiró de su falda. Si Garett Lazlo hubiera sido uno de los donjuanes que pasaban por el mercado para ligar con las chicas lo habría solucionado fácilmente. Ella no tenía el menor problema para decirles a esos tipos adónde podían irse.

Pero aquel hombre era diferente. Era serio, formal y realmente atractivo… y aunque fuese por un momento parecía tener ojos sólo para ella.

Sienna empezó a sentir pánico. Estaba deseando romper con la aburrida vida que llevaba en Piccia y hacer algo diferente, pero sabía que arriesgaba su reputación. Imaginaba a las ancianas matronas de Liguria en sus puertas, en sus balcones, sacudiendo la cabeza y murmurando frases de desaprobación. Casi podía sentir sus ojos clavados en ella. Un movimiento en falso, una palabra a destiempo y su honor quedaría destrozado para siempre.

No se había sentido tan sola desde el día de su boda.

Garett Lazlo volvió a sonreír. Sienna no tenía que levantar la cabeza para verlo porque parecía intuir los detalles de ese rostro irresistible, de esos ojos tentadores.

Si fuera libre… Deseaba con todo su corazón que el resto del mundo desapareciera para poder ser ella misma por una vez.

Pero ¿quién era ella?, pensó. Por el momento, una chica demasiado atemorizada como para decir que sí. Aunque fuese una oferta única en la vida como aquélla.

–No me diga que no –dijo el extraño entonces–. He alquilado un coche precioso, brillante, exactamente del mismo color azul Mediterráneo de sus ojos.

–¿Cómo sabe de qué color son mis ojos, *signor*?

A pesar de los nervios, aquel hombre despertaba extraños y conflictivos sentimientos dentro de ella y decidió que, al menos, debía protestar.

–Mi atención al detalle es legendaria –sonrió él–. Pero deje que lo compruebe por segunda vez…

Antes de que Sienna pudiese hacer nada, unos dedos largos y fuertes levantaron su barbilla. Ese gesto, tan atrevido, la despertó por completo de su letargo y dio un paso atrás… pero al hacerlo golpeó sin darse cuenta el termo, que cayó sobre la cesta en la que llevaba el almuerzo. El café se desparramó sobre el queso y la ensalada que estaba a punto de comer…

Durante un segundo, todo el mercado se quedó observando la escena, en silencio.

–¡Mire lo que ha hecho!

Garett levantó las manos en un gesto de disculpa.

–Lo siento. Pero no esperaba que actuase como un conejillo asustado. Sólo le he pedido que fuese mi guía y mi intérprete. Puede que haya añadido un poco de coqueteo inofensivo, pero si no está usted interesada… en fin, como quiera.

Sienna tuvo que hacer un esfuerzo para controlar las lágrimas. Tenía hambre y no había llevado dinero.

–Me ha estropeado el almuerzo.

–Problema resuelto, coma conmigo.

–¡Eso es lo menos que puede hacer! –gritó una mujer desde un puesto cercano.

Sienna, que tenía miedo a las señoras del mercado, se volvió para mirarla, sorprendida.

–Te ha estropeado el almuerzo y una chica tiene que comer… lo menos que puede hacer es invitarte.

–Gracias, *signora* –dijo Garett, volviéndose luego hacia Sienna–. El hecho, es, *signorina*, que usted necesita comer algo y yo necesito un traductor e indicaciones para llegar al restaurante. Si la invito a comer, eso resolverá todos nuestros problemas.

–No, yo no… no puedo –empezó a decir ella, deseando poder decir que sí pero sabiendo que no debía hacerlo.

Garett Lazlo la observaba sin dejar de sonreír.

–¿Por qué?

–En Il Pettirosso hay que ir vestido de forma elegante… no podría entrar con esto que llevo.

—¿Por qué no? El negro siempre está de moda. Es cierto que su ropa es un poco austera, *signorina*, pero en mi opinión menos es más. Especialmente cuando se puede arreglar de forma tan fácil —replicó él, mirando uno de los chales que ella misma vendía, uno de angora azul tan suave como las alas de un ángel.

Sin decir nada, se lo colocó sobre los hombros con una sonrisa y, durante unos segundos, Sienna sintió que se ahogaba en su limpia y masculina fragancia.

Después, Garett Lazlo miró con ojos de experto las joyas que había llevado para vender y, cuando levantó una filigrana de plata, Sienna supo que sería incapaz de resistirse a su próxima sugerencia, fuera ésta cual fuera.

—Lo único que necesita es este collar y nadie podrá prohibirle la entrada en ninguna parte, *signorina*.

Afortunadamente, no intentó ponerle el collar, pensó Sienna, casi ensordecida por los latidos de su corazón.

—Sí, pero no puedo hacerlo, *signor* —insistió, pensando en los artesanos de Piccia, que dependían de ella para ganar algo de dinero—. Todas estas cosas están a la venta. No están aquí para que yo las luzca…

—Sólo serán unas horas.

—No puedo ponérmelo. ¿Qué le diría a la gente

de la cooperativa, que me he ido a comer con un extraño cuando debería estar vendiendo sus productos?

Sienna se llevó una mano al cuello y, al hacerlo, el sol brilló sobre su alianza. Y él también debió de fijarse porque dio un paso atrás.

–Tengo una obligación con la gente que me ha enviado aquí, *signor*.

–Su lealtad es muy loable, *signorina*, pero se le olvida algo importante: no le estoy pidiendo que haga nada inmoral. Acompáñeme al restaurante y yo compraré todo lo que se ponga. Y cuando volvamos me dará una estimación del dinero que podría haber ganado mientras estábamos comiendo. ¿Le parece justo?

–¡Es justo! –gritó alguien.

Sienna miró a los hombres y mujeres del mercado. La idea de que estaban esperando que diese un paso en falso le había aterrado durante semanas. Era cierto que todos estaban mirándola aquel día, pero era por interés y por diversión. Ninguno de ellos parecía desaprobar su comportamiento.

–Yo me iría con él sin pensarlo un momento si fuera cincuenta años más joven –dijo una señora mayor.

–¿Usted cree que estaría bien, *signora*? –preguntó Sienna.

La mujer apoyó el punto que estaba haciendo

en su regazo y la miró con una sonrisa traviesa en los labios.

–La vida me ha enseñado que hay que aprovechar las oportunidades. Especialmente si las oportunidades se parecen a él –dijo, señalando a Garett Lazlo con las agujas de punto. Todos los demás soltaron una carcajada.

Garett Lazlo observaba la escena con una expresión indescifrable.

–¿Los he entendido correctamente, *signorina*?

–No, probablemente no –suspiró ella.

–¡Espero que sí, *signor*! –exclamó la anciana, riendo como una adolescente–. Llévesela con la conciencia limpia. Yo me encargo de su puesto.

–Gracias –Garett inclinó la cabeza mientras tomaba a Sienna del brazo–. Parece que aquí hay más gente que habla mi idioma.

–Todos lo hacemos cuando se trata de un buen cliente.

Pero después de decir esas palabras, Sienna pensó que Garett Lazlo podía haberlas entendido de manera equivocada.

¿Acababa de arruinar su reputación?

Capítulo 2

ESTABAN dejando atrás el mercado. El extraño la estaba apartando de la gente. Si tuviera que pedir ayuda, pronto no habría nadie que pudiese oírla.

Sienna empezó a sentir pánico. Garett Lazlo era mucho más grande que ella y, si ocurriera lo peor, luchar no serviría de nada.

Pensando eso, hizo lo único que podía hacer: detenerse abruptamente.

—Espere un momento…

—¿Sí?

—Yo no esperaba que me invitase a comer, señor Lazlo. No me importa hacer de intérprete, pero no pienso hacer por usted nada más que eso. Si va a lamentar después haberse gastado dinero, debería saber que yo misma he hecho este chal y el collar lo ha hecho una amiga mía…

—¿Usted ha hecho esto?

—Sí. Criamos conejos… para carne, pero yo tengo algunos conejos de angora junto con los demás.

Afortunadamente, ni Imelda ni Aldo eran capaces de diferencia unos conejos de otros. Aunque, en realidad, los conejos de angora eran poco conocidos por la gente en general.

Intrigado, Garett levantó una esquina del chal para inspeccionarlo.

–Es exquisito. Y está usted muy guapa con él, por cierto. Pero tanta dedicación en una persona tan joven como usted… una mujer tan guapa debería salir más, *signorina*.

–No me dejan… quiero decir, no tengo oportunidad. Tengo que cuidar de la casa, además de todo –Sienna se corrigió a sí misma rápidamente. Imelda la trataba como si fuera Cenicienta, pero no quería que aquel príncipe azul pensara que era una boba–. No tengo ni tiempo ni energía para nada más.

–Ah, ya veo.

El mensaje debió de quedar bien claro porque la presión en su brazo disminuyó ligeramente. Y, para alivio de Sienna, Garett la soltó del todo mientras atravesaban las estrechas calles de Portofino.

Ella pensaba que era porque iba a respetar la línea de separación que había trazado entre los dos, pero la mente de Garett estaba en otro sitio. Se sentía incómodo, raro. Su escape de Manhattan había sido repentino y eso significaba viajar sin tener que atenerse a un horario, a una agenda. Sus días de trabajo solían funcionar como un reloj, pero eso había quedado atrás por el momento. Los ayudantes, secretarias y acompañantes que se encargaban de que fuese de A hasta B y luego de vuelta en el menor tiempo posible no eran más que un vago recuerdo.

Garett se tocó el bolsillo de la chaqueta para comprobar que llevaba el pasaporte. Con eso y sus fondos ilimitados, podía hacer lo que quisiera e ir a donde le diese la gana. El mundo debería estar a sus pies. Pero, de repente, encontraba la libertad más complicada de lo que había pensado.

Tenía más dinero del que cualquier persona ganaría durante toda la vida y, sin embargo, ya no era suficiente. ¿Por qué no? Algo, una verdad evidente para todos los demás, seguía esquivándolo a él. Desde los seis años había trabajado sin parar porque en cuanto se paraba un momento volvía la inquietud…

Faltaba un elemento vital en su vida. Garett había descubierto una parte desconocida de sí mismo esa semana y debía averiguar qué era lo que le faltaba. ¿Pero cómo? El trabajo era claramente parte del problema.

Lo único que pudo hacer para evitar su canto de sirena había sido poner miles de kilómetros de distancia entre su cuartel general y él. En cuanto entrase en el sistema operativo de la oficina, sus empleados irían a buscarlo en manada. Necesitaba espacio, tiempo para pensar.

Garett metió una mano en el bolsillo. Era la tercera vez que lo hacía para comprobar si llevaba las llaves del coche de alquiler. Mientras pensaba eso, notó otro cambio en él. Pasear por aquellas calles laberínticas con una nerviosa extraña debería haber sido horrible para él; un terrible recordatorio de aquello de lo que había escapado. Sin embargo, estaba disfrutando de no tener que hablar.

¿Qué le estaba pasando?

Sin darse cuenta, aminoró el paso un poco más para mirar alrededor. En uno de los balcones había una mujer con rulos regando sus plantas. Una ruidosa cascada de agua cayó al pavimento, justo delante de ellos, mojando los zapatos de su acompañante. Ella, perdida en sus pensamientos, no se había fijado en la señora y, con el ceño arrugado, miró al cielo.

–¿Una lluvia de abril? –sugirió Garett. Luego sonrió, percatándose de que, por primera vez en mucho tiempo, no estaba pensando en el trabajo.

Podría no ser la respuesta a sus problemas.

Pero era un principio.

El coche era tan llamativo, y tan lujoso, como le había dicho. Sienna subió al asiento del pasajero, dejando escapar un suspiro de alegría.

–Bonito, ¿verdad? –sonrió Garett, sentándose tras el volante con similar satisfacción.

Sienna asintió con la cabeza, pero no dijo nada. Garett Lazlo no le había puesto un dedo encima desde que soltó su brazo y no debía animarlo para que lo hiciera… fueran cuales fueran sus secretos deseos.

Pero el pudor no era la única razón para su silencio. De camino al restaurante pasarían a pocos kilómetros de Piccia y rezaba para que nadie del pueblo la viese en un coche como aquél.

Aunque ella era la última persona a la que nadie esperaría ver en un Lamborghini. Sienna sonrió para sí misma. Si la vieran, seguramente pensarían que había sido una alucinación provocada por el sol.

—Es usted la primera chica que sonríe mientras voy conduciendo —dijo Garett—. Normalmente gritan aterradas y se agarran al asiento. ¿Por qué ha sonreído?

—Por nada —contestó ella, nerviosa—. Es que esto me recuerda a una vieja canción…

—¿Cuál?

—*Si mis amigas pudieran verme ahora*. Es de una película de Shirley MacLaine. Estaba pensando qué diría mi madrastra si me viera —murmuró Sienna, pasando la mano por el suave asiento de piel.

—Vamos a llamarla para preguntar.

—¡No! No, por favor. Me mataría. Las mujeres respetables no van en un coche como éste con un desconocido.

—¿Por qué no?

–Porque no –contestó Sienna.

–¿Vamos a pasar por delante de su casa?

–No, gracias a Dios. Está demasiado lejos y… llegaríamos tarde al restaurante, *signor*.

–Ah, muy bien, entiendo el mensaje. Está usted diciendo que hay una línea que no se puede cruzar. Pero ésa no es razón para ser tan formal. Puede llamarme Garett.

Sienna sonrió pero luego, nerviosa, se volvió hacia la ventanilla.

–¿Tiene usted un nombre, *signorina*?

–Sí, claro, pero quizá deberíamos seguir llamándonos de usted.

–Yo llamo a todas las mujeres que conozco por su nombre. ¿Por qué a usted no?

Sienna tomó aquello por una orden. Ella estaba acostumbrada a obedecerlas, aunque no fuese fácil, pero Garett Lazlo era un completo extraño.

–Prefiero que me llame *signora di* Imperia –le dijo, muy seria.

Con una mano en el volante, él giró la cabeza para mirarla. Y entonces, casi de forma imperceptible, sonrió. Y Sienna supo por qué la anciana se había reído como una adolescente. El talento de Garett Lazlo para derretir a las mujeres estaba empezando a afectarle a ella también.

Veinte minutos después, Garett detuvo el coche frente al restaurante e hizo una rápida llamada desde su móvil.

–Primero estaban comunicando y ahora salta el buzón de voz –murmuró, irritado–. Soy yo –dijo después, sin molestarse en explicar quién era ese «yo»–. Es martes y son las dos de la tarde. Estoy en Il Pettirosso con la tarjeta de crédito en la mano esperando para invitaros a comer. Si queréis aprovechar esta oferta, apareced aquí *ya*.

Después de guardar el móvil en el bolsillo, salió del coche y cerró de un portazo. Mientras recorrían los pocos metros que los separaban de la puerta del restaurante, Sienna tragó saliva. Si estaba enfadado, seguramente no le haría gracia que tuviera que descifrarle la carta como si fuera un analfabeto.

Pero no debería haberse preocupado por eso. El propietario del restaurante los llevó hasta una mesa para cuatro mientras ella admiraba el lujoso interior.

–Así que éste es el *pettirosso* –dijo Garett, señalando el dibujo de un ave en la portada de la carta–. Hay un duque en Inglaterra que tiene uno de éstos en su casa y vuela hasta su mano para que lo dé de comer.

Sienna lo miró para ver si estaba de broma, pero su sonrisa parecía genuina.

–¿Cómo lo sabe?

–Porque lo hace en todas las fiestas para impresionar a sus invitados. Yo creo que el pobre se siente solo.

Sienna bajó la mirada para leer la carta. Un hombre que tenía amigos entre la aristocracia estaba sentado frente a ella en el restaurante de sus sueños. Intentó concentrarse en la lista de platos, pero eso la puso aún más nerviosa. Il Pettirosso ofrecía cientos de platos y no sabía qué elegir ni, sobre todo, cuánto dinero estaba dispuesto a pagar Garett Lazlo.

–Elija lo que quiera, *signora di* Imperia –anunció él, como si hubiera leído sus pensamientos–. Cuando el precio merece la pena, no me importa en absoluto lo que cueste. Yo he sobrevivido a base de filetes y patatas fritas estos días, así que creo que debería pedir algo de verdura. Hoy me apetece un cambio.

Verduras, eso sonaba asequible. Sienna decidió que pediría lo mismo que él. Pero siguió fingiendo que estudiaba la carta, en parte para dar tiempo a sus amigos a llegar y en parte porque era la primera vez en años que comía fuera y nunca en un sitio como aquél. Era una experiencia que quería disfrutar.

Siguió leyendo hasta que, a pesar de sus buenas maneras, Garett empezó a mostrarse inquieto.

–¿Ya ha decidido lo que quiere tomar, *signora di* Imperia?

–Pues… es que todo suena tan bien. Estaba esperando que… usted sugiriese algo.

–Ah, entonces necesitamos unos minutos más

–le dijo Garett al camarero, que se había acercado para tomar nota–. Tenía razón, *signora*, si hubiera venido solo no habría sabido qué pedir. Tienen una selección increíble de platos. Reconozco palabras como «sopa», pero el resto…

Al final, eligieron *cacciucco* como primer plato, con *pansôti al preboggion* de segundo.

El camarero apareció de nuevo a su lado en cuanto estuvieron listos para pedir. Sienna levantó la mirada y sonrió con cierta aprensión cuando el hombre sacó un bolígrafo de plata para tomar nota.

–No se preocupe, pediré yo –dijo Garett.

Ella contuvo el aliento, esperando a ver qué pasaba. Su pronunciación fue impecable, pero antes de que pudiese felicitarlo sonó su móvil.

–Vaya, parece que al final vamos a comer solos, *signora* –suspiró después–. Mis amigos no pueden venir.

–Pero… yo no había esperado comer a solas con usted.

–Yo tampoco. Pero supongo que tendremos que soportar esa tortura –dijo él, suspirando teatralmente.

Sienna tuvo que reír. Pero cuando dejó de hacerlo el silencio pareció tragársela. Garett, sin embargo, parecía muy cómodo mirando alrededor. Sienna no era capaz de observar directamente; se limitaba a mirar cuando creía que nadie la estaba viendo. Su mente era tan activa como sus ojos, aunque le habría gustado encontrar algo de qué hablar.

Dos cosas la detenían: no ser capaz de mirarlo sin ponerse colorada y que no se le ocurría nada interesante que decir.

Justo entonces una mariposa entró por una de las ventanas…

—¡Mire, una mariposa de alas naranjas!

—¿Sabe algo de mariposas, *signora*?

—No, pero en casa hay muchas. Les gustan las flores que han crecido en las rendijas de los muros.

Sienna empezaba a tranquilizarse un poco, pero la llegada del sumiller con la carta de vinos y, más tarde, el camarero con el primer plato, volvió a ponerla nerviosa.

—Ah, así que *cacciucco* es sopa de pescado, *signora di* Imperia —sonrió Garett.

—Sí, pero no es una sopa de pescado cualquiera. No sé si lo ha entendido, pero en la carta dice que todos los ingredientes son frescos, del día. Y de primera calidad. Se los traen desde el puerto o de las granjas locales, especialmente para ellos.

Garett se inclinó hacia ella con una enigmática sonrisa.

—Lo he leído —le dijo, como si fuera una confidencia—. Yo no comía más que basura hasta que empecé a ganar algo de dinero. La oportunidad de comer productos frescos en un sitio como éste sigue siendo un lujo para mí.

–Yo creo que son los productos frescos de Liguria los que hacen que la gente de aquí tenga buen humor –se le ocurrió decir a Sienna, al ver que parecía nervioso, incómodo de repente, como si lamentase haber hablado demasiado.

Garett asintió con la cabeza mientras empezaba a comer. No volvió a decir nada y ella tampoco. Se sentía completamente perdida.

–Me gustaría ser más… atrevida –dijo por fin, cuando estaban terminando la sopa–. Para no ponerme tan nerviosa en sitios como éste –Sienna intentó reír, pero no le salió.

–Se supone que comer bien debe ser una experiencia interesante –murmuró Garett, dejando la cuchara sobre el plato.

–¿A usted le gusta, *signor*?

–Con la compañía adecuada, sí.

–Entonces, es una pena que no hayan venido sus amigos.

–Ah, no, yo estoy bien, *signora*.

Garett sonrió y el brillo de sus ojos hizo que Sienna se preguntase si estaba hablando de la comida…

Capítulo 3

POR UNA vez en su vida, Garett no estaba interesado en seducir a la mujer que lo acompañaba. Estaba de visita en Europa para descansar, no para hacer lo mismo que en Nueva York.

Garett la miró entonces, tan bonita, con su tímida sonrisa…

Seducirla podría ser una tarea demasiado ardua en aquel momento, pero fantasear… eso era algo completamente diferente.

Como si hubiera leído sus pensamientos, la chica se puso colorada y bajó la cabeza. Divertido, Garett siguió comiendo. No iba a tener ningún problema con la *signora di* Imperia que, por el momento, no era más que un paisaje agradable que mirar.

Le gustaba llenar su mundo de cosas bonitas pero, mientras veía las obras de arte como una inversión, las mujeres eran algo diferente. Eran como mariposas. Entraban volando en su vida por una ventana y salían por otra. Y aquélla no sería diferente. Al contrario, tendría menos importancia que las demás.

La *signora di* Imperia estaba a salvo de todo, menos de su activa imaginación... y Garett pensaba dejar que ésta volase con toda libertad.

Saboreaba la idea de hacerle perder sus inhibiciones una por una, hacer que su confusión y nerviosismo se convirtieran en ardiente pasión...

Entonces ocurrió algo. Había llegado el segundo plato y ella, al verlo, se pasó la lengua por los labios. Su anticipación encendió el apetito de Garett, pero de algo más placentero que la comida. La imaginaba usando la lengua para llevarlo al paraíso...

Cuando el camarero se acercó a su lado de la mesa, tuvo que empujar la silla hacia dentro para disimular su evidente excitación.

Intentando distraerse, miró el plato de ravioli que había delante de él. Estaba ardiendo, como sus pensamientos.

De repente, la *signora di* Imperia lanzó un grito y Garett levantó la mirada. Debía de haberse quemado con el plato y estaba chupándose un dedo...

–Perdone. Es que estoy un poco nerviosa. Para mí es una novedad venir a un sitio como éste... nunca había estado en un restaurante tan lujoso.

–No pasa nada –sonrió él.

–Tenga cuidado, el plato está caliente.

Mientras esperaba que sus ravioli se enfriasen

un poco, Garett tomó un sorbo de vino y se felicitó a sí mismo por su elección. Era un vino excelente, aromático y ligero, perfecto tanto para la sopa como para el plato de pasta. Tenía suerte de poder vivir así, pensó entonces.

No, había trabajado mucho para tener todo eso, se dijo luego. Él era de los que creían que cada persona se forjaba su propia suerte. Cualquiera podría tener lo que él tenía si lo deseaba de verdad. ¿Cuándo aprendería la gente que sólo había que trabajar para conseguirlo?

Entonces se percató de que su acompañante cortaba los ravioli para mojarlos en la salsa de una manera particular. Era una táctica dilatoria que reconocía de su vida en la calle. Ya le había dicho que comer así no era algo a lo que estuviese acostumbrada… y ahora se daba cuenta de que estaba intentando alargar la experiencia todo lo posible.

Sólo podía esperar que hubiese otra, más oscura, razón para que la *signorina* perdiese el tiempo. Observando sus delgadas muñecas y delicadas manos mientras jugaba con la comida, Garett se preguntó cuándo volvería a tomar un almuerzo decente.

Ese extraño interés en los hábitos de los demás era otro legado de su triste infancia, pensó.

Su ceño fruncido hizo que el camarero se acercase a toda prisa para preguntar si todo estaba a su gusto.

—¿Podría traerme otro plato de ravioli, por favor?

Sienna lo miró, asombrada.

–¡Pero si aún no los ha probado!

–Vaya, ésa no es la reacción que esperaba –rió Garett–. Lo he pedido para usted, *signora*. Como he visto que le gustaban tanto… vamos, disfrútelos.

Sienna se quedó sin palabras durante un momento.

–Gracias, *signor* Lazlo –dijo por fin–. Pero me bastaba con un solo plato. ¿Por qué ha pensado que no tenía suficiente?

Garett se encogió de hombros.

–Está usted tan delgada, tan pálida. Coma, coma, la pasta le devolverá algo de color a sus mejillas.

–¿Le parece que nos han servido poco?

–No, qué va. Además, no soy de los que desperdician la comida. Yo nunca dejo nada en el plato.

–Pues parece que le sienta muy bien.

Lo había dicho sin pensar, pero Garett rió ante tan inocente cumplido.

–Lo que quiero decir es… que parece usted muy…

–¿Sí?

Él, divertido, no la ayudó. Le gustaba ver a una mujer que no sabía halagar a un hombre. Las chicas de Nueva York parecían saberse todas el mismo guión. La *signora di* Imperia, en cambio, no tenía práctica. Obviamente se sentía atraída por él, pero intentaba disimular. Y ése era un cambio refrescante.

Por supuesto, nunca se aprovecharía de una chica tan inocente como ella, pero… la *signora di* Imperia tenía el atractivo de lo prohibido, el atractivo más poderoso del mundo.

Turbado, levantó la cabeza. Sus ojos se encontraron y se vio a sí mismo mirando la tentación a la cara. De repente, la inocencia en sus ojos azules empezó a inflamar más que calmar su deseo. El ansia de despertar pasión en aquellos ojos del color del mar Mediterráneo, una pasión dedicada exclusivamente a él, era casi abrumador…

Pero no pensaba dejar que eso lo distrajera.

—Olvídelo, *signora*. Venga, vamos a disfrutar del almuerzo.

Pero no era tan fácil tranquilizar a su clamorosa libido.

El pudin que pidieron de postre era una maravilla de crema de chocolate y puré de castañas.

—Es una pena que sus amigos no hayan podido disfrutar de esta comida —Sienna se echó hacia atrás en la silla con un suspiro de satisfacción mientras servían el café.

Garett había sido tan encantador durante la comida que casi había dejado de sospechar de sus motivos. Pero entonces pensó en lo que diría Aldo si la viera y volvió a estirarse.

–No lo sienta por ellos. Nosotros comemos así con frecuencia. Es la plaga de los ejecutivos.

Sienna lo creía, pero sabía por instinto que aquél no era un hombre dado a los caprichos. Aunque le gustaba tener las cosas controladas, ser el líder. De repente, lo imaginó ejercitando los músculos en un gimnasio…

–Ojalá yo pudiera comer así a menudo –suspiró, tocándose los labios con la servilleta. El damasco era tan espeso, tan perfecto… Sienna dobló la servilleta con cuidado y la dejó sobre la mesa mientras su anfitrión llamaba al camarero.

–Puede hacerlo si quiere, *signora* –sonrió Garett, mientras pagaba la cuenta.

Ella lo miró, sorprendida. ¿Iba a hacerle una oferta? De ser así, ¿qué le diría? ¿Qué podía hacer? Resistirse sería imposible. Pero ¿cómo iba a aceptarlo su conciencia? ¿Cómo iba a mantenerlo en secreto?

–Sólo tiene que soñar algo y luchar por ello –siguió Garett.

Sienna debería haberse sentido aliviada… pero en realidad se llevó una desilusión. Aunque jamás lo reconocería.

–Eso es fácil de decir, *signor*. Pero soñar no paga las facturas ni pone comida en la mesa.

–A mí me ha funcionado.

–Sí, pero yo vivo en el mundo real.

–Yo también.

Garett se levantó y le puso el chal sobre los hombros. Después de hacerlo, se giró para darle las gracias al maître y el movimiento la empujó hacia él... sus cuerpos tocándose y sus labios a unos centímetros.

Lo que ocurrió después fue demasiado para Sienna. Sonriendo, Garett levantó una mano y la pasó suavemente por su pelo...

Aquél era el momento. El momento que había deseado secretamente. Durante un segundo, Sienna se sintió paralizada. Había tenido miedo de que ocurriera aquello porque no sabría cómo reaccionar. Instintivamente, se apartó de él y salió corriendo como un conejo asustado.

Garett la vio ir, atónito. ¿Qué estaba pasando?

—Vaya, es la primera vez. Nunca antes me había dejado plantado una chica.

—No se lo tome como algo personal —dijo el camarero—. A las mujeres no les gustan los insectos. Ha sido una reacción instintiva cuando esa mariposa se le ha posado en la cabeza. No se preocupe, volverá.

Pero no lo hizo.

Unas horas después, Garett estaba contando la anécdota a sus anfitriones.

—En serio, Kane, es una pena que no hayáis podido venir a comer. La chica me miraba como si quisiera comprar su alma. Yo no tenía la menor intención de seducirla, pero verla dándole vueltas a la cabeza no tenía precio. Y cuando levanté la mano para apartar la mariposa, desapareció… salió corriendo.

–¿Y cuándo fue la última vez que una mujer te dijo que no, Garett? –sonrió Kane Bradley.

–No me acuerdo.

–¡Porque no te ha pasado nunca! –rió la mujer de Kane, Molly, levantándose–. Pero si vais a empezar a hablar de mujeres, yo voy a ver cómo va la cena.

En cuanto salió al pasillo llamó al mayordomo.

–¿Ha llegado Sienna, Luigi?

–Sí, *signora*, está esperándola arriba, en su vestidor.

–Ah, muy bien. ¿Sabes si ha conseguido sacar de casa un vestido decente para cambiarse o va a ponerse uno mío?

El mayordomo no tuvo que responder porque su invitada acababa de aparecer en el vestíbulo. Sienna estaba guapísima con un vestido negro de pronunciado escote y un collar de diamantes. Pero había un brillo de preocupación en sus ojos.

–¡Estás increíble! ¡Te queda mejor que a mí! –exclamó Molly, tomándola por la cintura.

–No sé, es demasiado escotado…

–No, qué va. Bueno, y ahora no lo olvides: tu labor consiste en ponerle un poco de color local a la vida de un amigo de Kane. Estamos preocupados por él. Le pasa algo, pero no es de los que cuentan sus cosas a nadie. Al menos, lo hemos convencido para que se quede unos días con nosotros. Su idea era recorrer el Mediterráneo, pero está claro que necesita algo más que eso. Te darás cuenta en cuanto lo veas. Y como nosotros no hablamos italiano, he pensado que tú serías la acompañante perfecta mientras está aquí.

Sienna dejó que Molly la llevase al salón. Estaba inquieta por todo, desde las excusas que había tenido que inventar en casa hasta el vestido o el maquillaje que se había puesto a toda prisa en el vestidor de Molly.

–Tú sabes que haría lo que fuera para ayudarte, pero si mi madrastra se enterase de esto…

–¡Por favor, Sienna! Tienes veintiséis años y eres la dueña de tu casa y de tu vida. No necesitas que nadie te diga lo que debes hacer.

–Sí, pero no estoy segura…

–Entonces, lo mínimo que puedes hacer es cenar con nosotros mientras tomas una decisión –Molly sacudió cariñosamente a su invitada mientras con la otra mano abría la puerta del salón.

Garett estaba intentando disfrutar de la charla, pero una cosa seguía molestándole. Por alguna razón, era incapaz de olvidar a la *signora di* Imperia. Hasta aquel momento ninguna mujer había permanecido en su recuerdo. Pasaban por su vida y se marchaban sin dejar huella. Pero la chica de Portofino se negaba a desaparecer.

Hablar de ella con Kane y Molly había sido una forma de exorcizar su imagen, pero sin resultado alguno. Y eso empezaba a irritarle. No podía olvidarla y ya no tenía ninguna gracia.

Nervioso, empezó a dar golpecitos sobre el borde de su copa, intentando concentrarse en la conversación. Pero mientras Kane hablaba, su mente estaba lejos de allí.

¿Qué estaría haciendo en aquel momento? La había esperado en la puerta del restaurante, preocupado, pero nunca volvió. Y saber que uno de los empleados la había llevado de vuelta al mercado no le había satisfecho en absoluto. Tenía que comprobar que estaba a salvo. No sabía por qué, pero le resultaba imposible dejar de pensar en ella. Especialmente cuando la alternativa era escuchar a Kane hablando de la viuda que iba a cenar con ellos esa noche.

Garett tomó un trago e intentó concentrarse en lo que decía su amigo. Como invitado, era lo mínimo que podía hacer. Los Bradley eran viejos amigos suyos y estaban haciendo todo lo posible para que se sintiera cómodo. A cambio, tenía que hacer un esfuerzo por escuchar las preocupaciones de su amigo sobre los problemas de esa tal Sienna.

Intentaba prestar atención, pero el rostro de la

signora di Imperia seguía apareciendo en su mente a cada segundo. Su discreta belleza lo había atraído desde que la vio en el puesto del mercado, como una gacela llamando a una pantera. Pero su reciente escape de la rutina había evitado que siguiera el trillado camino de la conversación a la cama. Garett suspiró.

Acostándose con ella habría evitado que se convirtiera en un recuerdo tan atractivo, se dijo. Dejarse llevar por el instinto habría sido lo mejor.

Sólo había una manera de librarse de esa hermosa distracción: la buscaría de nuevo. Y la encontraría. Costase lo que costase.

Garett empezó a trazar un plan. Una suite en el hotel Splendido, pensó. Si Il Pettirosso la había impresionado, una suite en el mejor hotel de la zona garantizaría su caída. Y Garett estaría allí para tomarla en sus brazos.

Para cualquier otro hombre no habría garantía de éxito, pero el éxito para Garett era una mera formalidad. Ya estaba pensando adónde ir y a quién preguntar cuando ocurrió algo. Algo que le hizo olvidar todos sus planes.

No tendría que volver al mercado de Portofino, no tendría que preguntar a nadie porque su misteriosa belleza acababa de entrar en el salón de los Bradley.

Capítulo 4

GARETT se consideraba a sí mismo un maestro del autocontrol. La gente sólo veía de él lo que él quería que viesen.

Y, por eso, cuando aquella visión que era Sienna di Imperia le fue presentada formalmente, estaba sonriendo como si no pasara nada.

—Pero si es mi preciosa intérprete… con un precioso nombre, además.

—¿Os conocéis? –preguntó Molly, sorprendida.

—Claro que sí. Es la señora con la que he comido esta tarde.

—Pero no nos lo habías dicho, Sienna.

—Porque no sabía que vuestro invitado fuera el señor Lazlo –ella intentaba permanecer tranquila, pero le estaba subiendo la temperatura.

—Entonces, vamos a disfrutar de dos maravillosas comidas en un solo día. Es un placer volver a verla, *signora di* Imperia –sonrió Garett, llevándose su mano a los labios… con un brillo travieso en los ojos.

—Es la primera vez que nos presentan formalmente –dijo Sienna, con toda la dignidad de la que era capaz.

–Y no sabe cuánto me alegro –replicó él.

Lo único que quería hacer era salir corriendo, pero le había prometido a Molly que sería agradable con su invitado y no podía echarse atrás.

–Le dije al señor Lazlo que necesitaría un intérprete si iba a Il Pettirosso y cuando me pidió que fuese con él… pero no sabía que estaríamos solos.

–Seguro que a él no le importó nada nuestra ausencia –sonrió Kane–. Ése es nuestro Garett. Nunca deja que una chica guapa se le escape entre los dedos. Y seguro que Molly te ha animado para que te arreglases esta noche. Es incorregible.

–No, qué va… –Sienna se puso colorada hasta la raíz del pelo.

Comer con Garett Lazlo había sido suficientemente angustioso y ahora las buenas maneras la tenían acorralada en aquella situación. Le había mentido a su madrastra diciéndole que iba a dar un paseo y la telaraña de mentiras se incrementaba… y todo era culpa de su amiga.

–En realidad, Molly es una anfitriona tan estupenda que ha debido de pensar que tres personas para cenar no era un número adecuado. Yo vivo aquí al lado, así que invitarme era lo más conveniente. Me temo que debo de ser la única persona que estaba disponible, señor Lazlo.

–No diga eso, *signora di* Imperia –sonrió Garett–. Yo prefiero pensar que es el buen gusto de Molly. Ha elegido a la única mujer a la que yo también habría elegido. Evidentemente, éste es mi día de suerte.

El rostro de Sienna se volvió del color burdeos de Toscana.

–No lo creo, señor Lazlo. Me temo que mi marido murió hace sólo tres meses.

El comentario de Sienna hizo que todos se quedaran en silencio durante unos segundos.

Garett se tomó su tiempo antes de contestar:

–Lo siento mucho, *signora di* Imperia.

Ella asintió con la cabeza. Había aprendido tiempo atrás que el silencio era lo mejor en lo que se refería a su matrimonio. Incluso aquéllos que sentían curiosidad por su relación con Aldo jamás se atrevían a preguntar directamente. Y ella se limitaba a sonreír con tristeza; una sonrisa que había perfeccionado delante del espejo.

–Se me acaba de ocurrir una cosa –dijo Kane entonces, para animar el ambiente–. Garett se dedica a ayudar a los aristócratas a sacar rendimiento de su dinero, Sienna. Él podría aconsejarte qué hacer con tu finca.

–¡Kane! –exclamó su mujer, horrorizada por su falta de tacto.

–Supongo que el señor Lazlo tiene muchas otras cosas que hacer –dijo Sienna, justo antes de que el mayordomo entrase para anunciar que la cena estaba lista.

–En realidad, estoy de vacaciones. Me he tomado un año sabático. Así que, en teoría, podría ser todo suyo, signora –sonrió Garett, tomándola del brazo para acompañarla al comedor.

–Si está de vacaciones, supongo que lo último que le apetece es trabajar.

–No esté tan segura –rió él–. Soy un adicto al trabajo.

Sienna notó cierta vacilación. Garett Lazlo había pensado sus palabras cuidadosamente y a Sienna no le había pasado desapercibido. En ese momento supo que Molly tenía razón. Aunque fuese un gran amigo de la pareja, Garett ocultaba algo.

Y eso despertó su curiosidad.

Descubriría su secreto, pensó. Era lo mínimo que podía hacer por sus amigos.

Mientras Sienna estaba ocupada estirándose el vestido y doblando la servilleta, Garett aprovechó para sentarse a su lado en el comedor, discretamente iluminado por velas.

Y ella, automáticamente, se apartó un poco.

–Sólo estaba estirándome la chaqueta, *signora* –sonrió él–. Ya debería saber que soy *casi* un hombre civilizado.

El brillo burlón de sus ojos le hizo sentir un cosquilleo en el estómago.

−¿Se encuentra bien, *signora*? Parece acalorada.

−Estoy bien, señor Lazlo. Es que no estoy acostumbrada a tener la chimenea encendida cuando ceno en casa. Eso es todo.

−¿Su casa es fría, *signora*?

Sienna apartó la mirada.

−Sólo vivimos dos personas, mi madrastra y yo, de modo que no tiene sentido encender la chimenea cuando sólo quedan unas semanas para el verano.

−De todas formas, en primavera puede hacer frío. ¿Quiere que le preste mi chaqueta, *signora*?

−¡Garett! Estás avergonzando a la pobre chica −lo regañó Molly, riendo−. No te preocupes, Sienna, he pedido en la cocina que hicieran tu receta de *tagliata*. Un poco de carne cruda calmará al animal que hay en él.

Sienna se preguntó si le gustaría la carne. Durante el almuerzo le había dado a entender que estaba harto de filetes. Comer bien no debía de ser más que una tarea aburrida para un hombre como él, pensó entonces. Y eso le hizo recordar lo diferentes que eran sus vidas.

−Tenemos que darle las gracias a Sienna por algo más que por haber venido esta noche −siguió Molly, mientras el mayordomo se encargaba de servir el primer plato–. Cuando llegamos aquí, la gente del pueblo fingía no entendernos, aunque hacíamos lo posible por hablar italiano. Aparentemente, cuando nuestros chicos visitaron Piccia durante la II Guerra Mundial, algunos de ellos olvidaron saldar sus deudas en la tienda de alimentación.

–No me digas –rió Garett.

–La memoria es eterna en este sitio y, en interés de las relaciones internacionales, Sienna sugirió que Kane y yo deberíamos, repentinamente, recordar a un montón de parientes. Por casualidad, muchos de ellos habían estado en Italia en 1944. ¿Y a que no lo adivinas? Sus apellidos eran los mismos que los de los soldados que habían dejado deudas sin pagar. Un puñado de euros después, gracias a Sienna, somos bienvenidos en cualquier parte.

–No deberíais ser tan blandos, Molly –dijo Garett. Pero estaba mirando a Sienna con una intrigante expresión.

–Seguramente con usted no habrían cometido ese error, señor Lazlo.

–Acepto eso como un cumplido, *signora di* Imperia.

Sienna había estado a punto de decir que lo era, pero ocurrió algo. Entre pensar las palabras y decirlas lo había mirado a los ojos y su corazón dio un vuelco, dejándola sin aire.

Imelda le exigía que buscase un marido rico y, aceptando la invitación de Molly, estaba exponiéndose a ser usada de esa forma otra vez.

Pero si Garett Lazlo decidía seducirla, ¿cómo iba a resistirse?

Garett nunca estaba fuera de servicio. Sabía exactamente lo que se esperaba de él y nada haría más felices a los Bradley que verlo coqueteando con la señora di Imperia. Pero, aunque unos minutos antes estaba decidido a hacer lo que sus amigos querían, ahora estaba igualmente decidido a resistirse. Lo último que necesitaba era una viuda. Estaba intentando dejar atrás el estrés y no era momento para mantener una relación con alguien cuyo pasado era tan complicado como el suyo.

Y, afortunadamente, la *signora di* Imperia parecía tener la misma idea. Por la tarde había salido corriendo y ahora se mostraba distante. Estaba sentada en la silla como si tuviera una plancha de madera en la espalda.

Ahora que la tenía a su lado debería haber sido fácil dejar de pensar en ella. Unos minutos de coqueteo y sería suya. Una vez que se hubieran acostado juntos, todo habría terminado. La magia que tenía para él se habría evaporado. Le había ocurrido a menudo en el pasado. Y sería libre.

Sólo había un problema: que no pensaba hacerlo. Sienna di Imperia estaba intentando recuperarse de un desastre económico tras la muerte de su marido. Eso le habían contado los Bradley. Y él no necesitaba más problemas en su vida.

Pero resistir el deseo de seducirla iba a ser una tortura.

Garett sonrió para sí mismo. A él le gustaban los retos. Todo el mundo pensaba que sería imposible para él no intentar conquistar a una mujer guapa, pero podía hacerlo. Como hombre de negocios era invencible y sólo era cuestión de aplicar la lógica de los negocios al problema de Sienna di Imperia.

Los negocios… quizá debería haber algo en la vida además del trabajo. El problema era que le resultaba difícil pensar en lo que hacía para ganarse la vida como un trabajo. Aunque incluía horas de reuniones, llamadas, viajes, jet lag y sonreír hasta que le dolían las mandíbulas. Pero ése era su mundo. La vida real sólo le daba oportunidad de pensar en cosas en las que prefería no pensar.

Garett Lazlo era famoso como el hombre que había prohibido las vacaciones. Él y su gente trabajaban por turnos veinticuatro horas al día durante todo el año, con la excepción del día de Navidad. Garett aprovechaba ese día para dormir algo más y redescubrir la comida por teléfono.

El evento que recientemente le había hecho

abandonar Manhattan debería haber cambiado su forma de ver el trabajo, pero no era así. Garett se movió, inquieto, en la silla. Era demasiado tarde para cambiar, se dijo. El ocio no iba con él. Sin una estimulación mental constante se sentía incómodo, raro.

Y si uno se relajaba, perdía pie. Crecer en la calle le había enseñado eso. Desde el día que aprendió a entrar y salir del orfanato sin que lo vieran, había decidido que viviría a lo grande. La ironía era que, ahora que podía vivir a lo grande, no tenía tiempo para hacerlo.

Garett nunca había querido tomarse días libres… hasta esa noche. Algo había ocurrido. La tensión de su vida pasada y su presente se habían mezclado, haciendo que disfrutase por fin de una tranquila cena a la luz de las velas.

La comida era sólo tolerable, pero la compañía era deliciosa. Claro que ayudaba estar sentado al lado de la chica más guapa del mundo, aunque ella fingiese no prestarle atención. Eso la hacía más interesante.

A pesar de que no iba a pasar nada entre ellos, era agradable mirarla. Y había mucho que mirar y admirar: su belleza, su aspecto frágil, la delicadeza de sus movimientos. Aldo di Imperia había sido un hombre de suerte. Su joven viuda era inteligente además de preciosa.

Y, afortunadamente, tan leal a la memoria de su

esposo como guapa. Su boca, que parecía hecha para besar, parecía de coral. Sonreía, pero nunca a él. El elegante vestido negro acentuaba la curva de su espalda, pero se sentaba rígida como una estatua de hielo.

La gloriosa melena de color castaño rojizo estaba sujeta en un moño apretado, pero un rizo rebelde había logrado escapar, besando su cuello. Con otra mujer, en otro momento, Garett habría colocado ese rizo en su sitio, aprovechando para acariciarla. Pero después de lo que había pasado en Il Pettirosso resultaba imposible imaginar algo así. Aunque sintiera la tentación...

—Molly me ha dicho que vive aquí cerca, *signora* –dijo Garett, sirviéndole una copa de vino–. Supongo que se verán a menudo.

—Mi casa está a ochocientos metros de aquí, pero sólo una verja separa las dos fincas.

Estaba mirándolo directamente y Garett se mordió los labios para no sonreír. Sus ojos no eran simplemente azules. Eran de un color en el que un hombre podría perderse. Un hombre susceptible, se recordó a sí mismo. Esperó que ella bajase la mirada, como había hecho mientras comían en Il Pettirosso, pero no lo hizo.

Parecía mirarlo de otra manera esa noche, como si estuviera retándolo... algo que no hacían otras mujeres. Y fue por eso por lo que Garett decidió ayudarla. Tenía espíritu y eso le gustaba.

Además, ayudaba mucho que ese espíritu estuviese envuelto en una figura tan agradable.

Los Bradley eran una pareja encantadora. Mientras Sienna los miraba, Kane cortó un trozo de carne y se lo ofreció a su esposa, que abrió los labios para aceptar el regalo.

Sienna apartó la mirada y, de inmediato, sus ojos se encontraron con los de Garett.

¿Y si él hiciera lo que Kane estaba haciendo? De repente, sintió un escalofrío. Nerviosa, alargó la mano para tomar su copa de vino... exactamente cuando el mayordomo iba a llenarla. En la confusión, la copa cayó sobre la mesa y unas gotas de Barolo mancharon el inmaculado mantel blanco. A pesar de que Molly insistía en que no importaba y el mayordomo limpiaba la mancha con eficacia, Sienna se levantó y empezó a apartar platos, cubiertos y servilletas para limitar el daño.

–No te creas ese numerito de «felices para siempre». Puede que los lazos de amor entre ellos no sean tan profundos –le dijo Garett al oído.

Sienna lo miró, sorprendida. ¿Por qué había dicho eso? Era como si le molestase el amor que Kane y Molly sentían el uno por el otro. Aquel hombre era encantador sólo en la superficie, pensó entonces. Por dentro podía ser tan despiadado como un pirata.

Cuando consiguieron solucionar el problema de la mancha, Sienna se dejó caer sobre la silla, pensativa. De repente, tenía la impresión de que todos en aquella mesa estaban escondiendo algo.

Su amiga Molly estaba desesperada por saber lo que escondía Garett y ella también sentía curiosidad. Si aquel famoso hombre de negocios decidía ayudarla con su finca, aprovecharía el tiempo. Mientras Garett Lazlo estudiaba el valor de la finca, ella tendría la oportunidad de descubrir sus secretos.

Y eso haría. Con mucha discreción.

Aún no había amanecido cuando despertó a la mañana siguiente. Sienna se quedó en la cama, escuchando a los búhos llamándose en el bosque antes de irse a dormir. Le encantaba aquel momento del día. El sueño la había dejado descansada y aún tenía tiempo de holgazanear un rato antes de ponerse a trabajar.

Sienna se estiró, preguntándose qué estaría haciendo el invitado de Kane y Molly Bradley en aquel momento.

Como la noche anterior le había dicho a su madrastra que sólo iba a dar un paseo, tuvo que marcharse de casa de los Bradley después del café. No quería despertar sospechas.

Garett se había ofrecido a acompañarla, como

un caballero, aunque el brillo de sus ojos era más que sospechoso. Seguramente sólo estaba fingiendo que le gustaba, pensó Sienna.

Cuando Molly insistió en que debía echar un vistazo a la finca Entroterra, y a la casa, para ver si era posible sacarles rendimiento, Garett no contestó inmediatamente. Y eso debería alegrarle porque si decía que no quizá no volvería a verlo. Sin embargo, sentía que le faltaba algo, como si hubiera quedado una cuenta pendiente entre ellos.

Garett Lazlo no era el tipo de hombre que perdería un segundo preocupándose por ella, se dijo. En cuanto la puerta se cerró, seguramente habría vuelto a sentarse cómodamente frente al fuego para hablar de cosas más interesantes.

Quizá los Bradley le habrían dado la misma habitación en la que ella se había refugiado tras la muerte de Aldo...

Sienna cerró los ojos, recordando el lujo del baño de mármol travertino, las sábanas recién planchadas... Ahora, un alto americano estaría ocupando esa cama. Se preguntó entonces qué llevaría puesto...

En realidad, no sabía lo que un hombre soltero se pondría para dormir. Sienna sólo se había acostado con su marido.

El recuerdo de Aldo le hizo sentir un escalofrío y se dio la vuelta, enterrando la cara en la almohada para buscar el calor que faltaba en su vida. Aldo jamás se habría movido a toda velocidad para ayudarla a limpiar la mancha de vino. Aldo no se habría movido en absoluto. De hecho, la habría fulminado con la mirada por ser tan torpe.

Seguramente, Garett Lazlo escondía sus verdaderos sentimientos delante de los Bradley. Se mostraba agradable, pero Sienna había visto algo raro bajo esa fachada de amabilidad. Pero a Garett le gustaba tenerlo todo controlado y, durante unos minutos, fantaseó con dejar que se hiciera cargo de su vida. Él le haría olvidar sus preocupaciones. Tomándola en sus brazos, la aplastaría contra su torso, la besaría hasta hacerle perder la cabeza y luego…

Y luego sonó el despertador y Sienna tuvo que volver a su deber, como siempre.

Lo primero que hizo fue inspeccionar el vestido negro de Molly para ver si se había manchado de vino. En otro tiempo lo habría llevado a la tintorería sin pensarlo dos veces, pero ya no podía hacer eso. Aldo murió y con él desapareció la mayor parte del dinero. Sólo su ahorrativa naturaleza hacía que pudiera seguir pagando las facturas. Aunque no sabía por cuánto tiempo.

Sienna pensó en sus problemas más acuciantes mientras se daba una ducha. Aquella casa, que algunos veían como una posesión importante, era también el mayor de los gastos. Para ella no tenía el menor valor sentimental y la habría vendido para volver a vivir en la casita en la que nació, pero Imelda la había convencido de que nadie volvería a mirarlos a la cara si hacían eso.

Sienna suspiró. Mucha gente mataría por tener sus problemas, pensaba. Su padre había trabajado toda la vida para asegurarse el respeto de la gente. El señor Basso era el propietario del molino y la panadería del pueblo. Desgraciadamente, tras la muerte de su madre, lo único que hacía era trabajar sin descanso y, al final, cayó enfermo. Estaba tan mal que Sienna lo convenció para que se fuera de vacaciones a la Riviera dei Fiori a recuperarse. Pero, mientras ella trabajaba en la panadería, su padre había caído presa de una de esas mujeres cuya única ocupación era buscar un marido rico. El pobre volvió a Piccia con Imelda y la cuenta del banco en números rojos.

A partir de entonces todo fue cuesta abajo. Al final, su padre murió de agotamiento y ahora el molino, la panadería y la casa estaban cerrados. Imelda quería vender la casa, pero Sienna le daba largas porque había sido su hogar y no quería desembarazarse de ella.

En realidad, Sienna evitaba a su madrastra todo lo posible. Y eso era fácil, ya que Imelda Basso pasaba la mayor parte del tiempo en sus habitaciones del piso de arriba. Después de convencerla para que se casase con el hombre más rico de Piccia, su madrastra no pensaba abandonar los beneficios de su nueva vida tan fácilmente.

Mientras iba a la cocina, Sienna empezaba a entender a su madrastra. Aquella casa era preciosa… o lo había sido. Las molduras y los candelabros que habían iluminado grandes bailes entre las dos grandes guerras ahora estaban cubiertos de polvo. Una casa así no merecía ser destruida sino restaurada para recuperar su antiguo esplendor. Y ellas no tenían dinero para hacerlo.

Sienna sonrió mientras se ponía un delantal. Incluso las habitaciones del servicio eran impresionantes, con techos artesonados y puertas de madera de roble. Era una pena que esos tiempos hubiesen quedado atrás, pero eso le daba cierta libertad. Al menos podía trabajar en la cocina. Le gustaba cocinar y tejer. Hacer cosas con las manos le daba una gran satisfacción.

Aquel día se dedicaría a la panadería, decidió. Y además de pan, haría pasta para toda la semana.

Empezando antes de la salida del sol tendría tiempo para todo, pero aquel día era diferente. Cada cierto tiempo se paraba, incapaz de dejar de pensar en Garett Lazlo, que primero la había sorprendido en el mercado y luego en casa de los Bradley. No podía dejar que le estropease otro día, decidió.

Volviéndose hacia la encimera de granito, echó

una medida de harina y otra de sal y se dedicó a hacer la masa para la pasta…

–Buenos días.

Sienna se volvió, sorprendida. Su pensamiento más privado se había vuelto real de repente. Porque allí estaba Garett Lazlo, con una mano apoyada en el quicio de la puerta y la otra en la trabilla de sus vaqueros.

–Buenos días, señor Lazlo. No esperaba verlo… tan pronto.

–Lo mismo digo, pero nunca he podido decirle que no a Molly y mi amiga parece completamente decidida a que la ayude. Así que he venido a hacerle una proposición –dijo él, mirando al techo.

–No, por favor, no lo mire. Hace años que no tenemos oportunidad de limpiarlo como es debido. Está lleno de telarañas.

–Supongo que el servicio se encargará de eso.

–Ya no tenemos servicio, señor Lazlo. Hago el trabajo yo misma… bueno, todo lo que me es posible. Pero limpiar esos techos tan altos…

–No se moleste en limpiarlos por mí. ¿Qué está haciendo ahora?

–Pues… ahora mismo estoy haciendo pasta casera y acabo de sacar este pan del horno. ¿Sabe lo que es el *pandolce*?

–No.

–Es un pan muy rico, hecho con naranja y otras frutas… ¿quiere probarlo?

–Por supuesto.

Sienna cortó un trocito del pan recién hecho.

–Tenga cuidado, está muy caliente.

–Ah, está más rico de lo que había imaginado –sonrió Garett–. Pero dicen que la fruta prohibida es la más sabrosa…

–Sí, bueno…

–¿Qué le parecería comer conmigo de nuevo?

–¿Otra vez?

–Sí.

–Pero señor Lazlo… no puedo ser vista en público dos veces con el mismo hombre. Además, ha entrado usted en mi casa… ¿qué dirá la gente? ¿Qué dirá mi madrastra?

–¿Y qué importa lo que digan?

Sienna no podía creer lo que estaba oyendo.

–Claro que importa.

–En fin, como usted quiera. En realidad, no había venido a invitarla a comer sino a hacerle una propuesta de negocios. Los Bradley son buenos amigos míos y están muy preocupados por usted. Anoche les expliqué que estaba de vacaciones, pero ellos insisten en que debo ayudarla.

–No hace falta…

–Por lo visto, sí –la interrumpió él–. Le ofrezco mi experiencia profesional, pero sólo durante un corto período de tiempo. Y luego me marcharé. Ayer le dije que debía aprovechar cada oportunidad de hacer sus sueños realidad, así que cuando termine puede venderlo todo y gastarse el dinero o llevar adelante el plan de inversiones que yo le ofrezca. Eso dependerá de usted.

Sienna sintió un escalofrío. Y no era su cerebro de hombre de negocios lo que lo había provocado.

–Pero un hombre importante como usted no trabaja por nada. ¿Cuánto va a costarme?

–El genio tiene un precio, sí, pero no será nada que usted no pueda pagar.

–¿Qué quiere decir?

Garett sonrió de nuevo y Sienna se fijó en el brillo de sus dientes perfectos.

De una forma o de otra, el precio que Garett Lazlo iba a pedirle sería demasiado alto.

Capítulo 5

AY ALGÚN sitio en el que podamos hablar tranquilamente, *signora di* Imperia?
–Sí, claro. Pero deme unos minutos para atender a mi madrastra. Le diré que Molly ha venido para otra de nuestras lecciones de encaje y luego haré un café…

–No, no se moleste. He traído algo conmigo algo más interesante que el café.

Sienna se lavó las manos y luego subió al segundo piso para decirle a Imelda que Molly estaba allí… así no la llamaría constantemente. No le gustaba mentir, pero no veía otra solución.

Cuando volvió a la cocina de nuevo tenía las mejillas rojas de vergüenza. Y el color aumentó cuando vio que Garett había estado explorando el primer piso y estaba esperándola en uno de los salones, el que solían usar para recibir a la gente. Temía pensar en lo que podría haber visto.

De espaldas, su figura era impresionante. Y cuando se volvió hacia ella, Sienna vio que estaba abriendo una botella de champán.

–No se moleste en decir que es demasiado temprano para esto hasta que haya oído lo que tengo que decir.

Ella iba a negarse, pero no lo hizo.

–Una copa de champán, *signora*. Permítase usted un lujo.

–Ya le he dicho cómo son las cosas en Piccia, *signor*. Si alguien nos viera...

–*Signora di* Imperia... no puede seguir viviendo según la moral de otros. Si no tiene carácter para actuar en su propio interés lo mejor será que le dé las llaves de esta casa al banco y acabe con todo...

–Yo tengo carácter –lo interrumpió ella, indignada–. Pero debo respetar los deseos de mi madrastra, *signor*. Ella no se encuentra bien... la dignidad de mi padre y la casa de mi difunto marido son lo único que le queda en la vida. Debo respetar eso y ser respetada a cambio.

–Pues yo he oído comentarios menos favorables sobre su madrastra por parte de Kane y Molly.

Sienna tomó la copa de champán que le ofrecía.

–Pero no los oirá de mis labios, señor Lazlo. Advertir a mi madrastra que Molly ha venido a visitarme impide que salga de su habitación. Molly e Imelda no se entienden bien y...

–¿Quiere decir que se han peleado?

Sienna tomó un sorbo de champán.

–Nunca había probado algo así. Es muy... refrescante.

–Una chica como usted debería disfrutar de la vida –sonrió Garett.

–Debo advertirle una cosa, señor Lazlo: no tengo intención de emborracharme para que pueda aprovecharse de mí.

Él intentó disimular una sonrisa.

–Me sorprende que piense eso de mí. No necesito alcohol para seducir a una mujer. ¿Con qué clase de hombres se relaciona?

Con ninguno salvo con Aldo, pensó ella. Y Garett, desde luego, no se parecía a Aldo en absoluto.

–Los únicos hombres con los que trato son los que pueden servirme de algo.

Ella misma se quedó sorprendida después de decirlo. ¿De dónde había salido? El champán a esa hora de la mañana evidentemente estaba haciendo su efecto.

–Entonces hablamos el mismo idioma, *signora di* Imperia. Porque ésa es exactamente mi oferta. Yo puedo ser justo lo que necesita.

Sienna esperó que se explicase, incómoda. Pero Garett no dijo nada más.

–¿Qué quiere decir, señor Lazlo?

–Por favor, llámeme Garett.

–Prefiero seguir llamándolo señor Lazlo, si no le importa.

–En fin, como quiera.

–Mire, señor Lazlo, mi madrastra me llamará pronto para que le lleve el almuerzo…

–Pues entonces su madrastra debe aprender que su hermosa enfermera también tiene una vida –la interrumpió él, tomando su mano. Pero Sienna se apartó.

–¿Qué hace?

–Me temo que no le va a gustar lo que voy a decirle.

Ojalá fuera cierto, pensó ella, bajando los ojos.

–¿Qué es?

–Debería salir de esta casa cuanto antes. Dese la vuelta y salga corriendo mientras pueda hacerlo. Es usted muy joven y puede ir a cualquier sitio, hacer lo que quiera. Si se queda aquí estará encadenada a esta casa y a su madrastra para siempre. Y será su final en todos los sentidos.

–¿Por qué dice eso?

–Me he levantado temprano para echarle un vistazo a su finca y, desgraciadamente, lo que he visto me ha abierto los ojos sobre las dificultades de vivir en un sitio como Piccia. A menos que haga algo, esta finca se hundirá.

–¿Es usted ingeniero agrónomo?

–No, pero no hay que serlo para saber que la finca es una ruina. La madera de la cercas está podrida, todo está cubierto de malas hierbas…

–Pero esta casa….

–La casa está en mal estado… parece el palacio de la Bella Durmiente.

Y él era el príncipe azul, que había aparecido montado en su caballo para salvarla. Ojalá fuese verdad.

–Sí, supongo que es verdad. Nadie ha trabajado la finca desde que murió mi marido…

–Y usted no puede hacerlo todo sola.

Ella asintió con la cabeza, pensativa.

–A veces tengo la impresión de que voy por ahí como una sonámbula. Cuanto más lo intento, más difícil me resulta complacer a todo el mundo –Sienna levantó una mano para taparse la cara, desolada. Y antes de que pudiese hacer nada, sintió una mano firme sobre su hombro.

–Es usted una mujer adulta. Jamás debería negarse a sí misma la oportunidad de ser feliz sólo por lo que piensen los demás.

Sienna levantó la mirada. En los ojos de Garett había un brillo que reconocía. Lo había visto la primera noche, cuando entró en el salón de los Bradley.

Temblando, intentó apartarse, pero él no la dejó. Había decidido no seducirla, pero siempre le había gustado jugar con fuego.

–Vamos a probar esa teoría, ¿le parece? –murmuró, acariciando su cara con un dedo. De repente excitado, se acercó un poco más–. Es usted tan vital como yo, Sienna di Imperia. ¿Por qué intenta esconderlo?

–Yo... no sé de qué está hablando.

–La inocencia no es la razón por la que sus ojos se niegan a encontrarse con los míos, ¿verdad? No, es todo lo contrario. La razón por la que anoche se negaba a relajarse es porque usted y yo conocemos la verdad: me desea. Es tan sencillo como eso. Intuyo que, por primera vez en su vida, desea esto tanto que podría olvidarse de la opinión de los demás –dijo Garett, con voz ronca–. Bueno, pues aquí hay algo que podría convencerla de que su vida no empieza y acaba con la opinión de otros.

Cuando la tomó por la cintura, Sienna se quedó transfigurada. Sabía que debería pedir ayuda, gritar, hacer una escena, cualquier cosa. Eso sería lo apropiado. Pero los dedos de Garett parecían atravesar el algodón de su vestido. El calor humano era algo que había echado de menos en su vida durante tanto tiempo... que ya no podía seguir negándoselo a sí misma.

–Alguien podría vernos –dijo en voz baja. Las palabras habían salido de su boca como en un sueño.

–¿Quién? Me ha dicho que no tenía servicio en la casa.

–No, pero la *signora* Morati viene a ayudarme a cocinar los viernes y luego están Ermanno y su mujer, los vecinos...

–Hoy no es viernes. Y los vecinos no suelen mirar por las ventanas, ¿no?

En el círculo de sus brazos, Sienna tembló.

–Podría salir corriendo.

–Claro que podría... si pensara que yo iba a hacerle algo malo.

Su expresión era la de un leopardo observando a su presa. No se había movido un centímetro y la sonrisa había desaparecido de su rostro.

–Pero usted no va a hacerme nada malo, ¿verdad? –murmuró Sienna. Había querido que fuese una afirmación, pero le salió como una pregunta, como un reto.

–Eso depende de cómo defina usted la palabra «malo».

Su voz era tan suave como la seda. Y cuando la soltó, Sienna sintió frío.

–Soy un hombre que siempre consigue lo que quiere. Y lo único que conecta todas las cosas que quiero es el éxito.

Ella tembló de nuevo. Intentando esconder su nerviosismo, volvió a tomar la copa de champán que había dejado sobre la mesa.

Garett no tenía prisa. No había razón para ello. Podría tenerla allí mismo o cuando quisiera. Había estado claro desde el primer día en el mercado, pero tomarla era lo último que quería hacer. Su inseguridad, combinada con aquel desastre de casa y una madrastra de cuento hacían que Sienna di Imperia fuese una complicación.

Pero tenía que silenciar a Molly y a su propia

conciencia. Había tardado un poco, pero al fin encontró la manera de hacerlo. Y la satisfacción lo hizo sonreír.

–Veo que está desesperada por saber de qué hablo, *signora*.

–Supongo… –Sienna tragó saliva–. Supongo que va a sugerir algo indecente.

Capítulo 6

GARETT soltó una carcajada, el eco de su risa repitiéndose por la habitación.

—Bueno, eso depende de cómo interprete usted esa palabra, *signora di* Imperia. Aunque Kane y Molly deberían tener más sentido común, creo que esperaban que sucumbiera ante su bonita cara. Pero, seamos sinceros, sería fácil hacerle una oferta para comprar sus propiedades… pero no lo sería que me enamorase de usted.

Garett volvió a reír y Sienna rió también, pero sólo porque estaba intentando ser amable. En realidad, esas palabras eran como una bofetada.

—Voy a explicárselo mejor: Kane y Molly sospechan que su vida es un caos. Si sigue así, poniendo parches en un sitio y en otro, el poco dinero que tenga se terminará enseguida. Lo que este sitio necesita es una gran inversión bien planeada para que pueda tener un futuro independiente. Tengo entendido que su madrastra está intentando casarla de nuevo…

—Así es.

—Pues a menos que encuentre usted dinero en otra parte, no descansará hasta que la vea casada y, si no acepta mis consejos y se marcha de aquí lo antes posible, eso es lo que va a pasar.

—¿Y qué puedo hacer?

—La solución es muy sencilla: reparar la casa y la finca para poder sacarles beneficio. Así podrá mandar a la porra a todo el mundo y vivir como le dé la gana. Le hará falta dinero, claro. Mucho dinero. Pero si acepta mi propuesta, yo mismo financiaré los gastos hasta que pueda pedir una hipoteca por este sitio. Y entonces podrá hacer realidad sus sueños... sean los que sean.

—Quiere decir... usted y yo... usted y yo...

—*Signora*, le estoy ofreciendo mi experiencia para convertir un pedregal en una buena inversión. Pero quiero algo a cambio.

Sienna no podía moverse. Estaba mirando al suelo, aunque Imelda le gritaría que lo mirase a la cara y le diera las gracias al cielo por su buena fortuna. Después de todo, Garett Lazlo era un hombre al que desearía cualquier mujer. Según su amiga Molly, era millonario, además. En sus sueños, había caído en sus brazos mil veces. Pero a la luz del día, la vida era tan dura y tan cruel como siempre. La muerte de Aldo la había dejado con una pesada carga sobre los hombros y ahora le estaban ofreciendo el paraíso... pero a un precio enorme.

Aunque no podía esperar nada mejor.

«Seamos sinceros, sería fácil hacerle una oferta para comprar sus propiedades... pero no lo sería que me enamorase de usted», le había dicho.

¿No había sido su matrimonio arreglado en esos mismos términos? El viejo Aldo di Imperia había sido invitado a cenar por Imelda, que entonces hacía el papel de viuda solitaria. Cuando Sienna abrió la puerta de la casa que compartía con su madrastra, vio a un hombre bajito con un ramo de rosas. Él había visto una oportunidad.

Y así había empezado todo...

Necesitaba tiempo para pensar.

–Según lo veo yo, señor Lazlo, tengo que seguir ahorrando todo lo que pueda o buscarme un trabajo. Por otro lado, no me parece posible ahorrar más y no hay trabajos en Piccia además de la cooperativa. Con lo poco que gano con eso no podría mantener a mi madrastra...

–Entonces déjela atrás y sálvese usted.

–No puedo hacer eso, señor Lazlo. Le prometí a mi padre que cuidaría de ella.

–Le estoy ofreciendo una ruta de escape –insistió Garett–. ¿Por qué seguir muerta de asco en esta ruina de casa, teniendo que soportar a la típica madrastra malvada?

–Por favor, no insulte a mi familia.

–Imelda Basso no es su familia. Sólo es una mujer que sabe aprovechar una oportunidad –suspiró él, paseando por el salón–. Molly me ha dicho que tiene usted una pequeña propiedad en el centro del pueblo, ¿es cierto?

–Sí, es la casa en la que nací.

–Si está decidida a no vender esta casa, quizá podría arreglar la antigua. Cuando haya terminado de hacerlo, puede mudarse allí y dejar a su madrastra aquí… o decirle a Imelda Basso que se busque un sitio donde vivir y reformar esta casa para venderla. Cuando terminasen las reformas sería libre económicamente. Si está decidida, puede ganar dinero. Y es mejor que esperar como un paquete a que algún interesado quiera casarse con usted.

–Cuando me casé con Aldo me convertí en parte de su familia. Es mi deber mantener esta casa y su recuerdo libre de escándalos.

–Pero no podrá hacer eso sin tener dinero en el banco…

–No puedo venderla.

–¿Por qué es usted tan testaruda?

Sienna levantó la mirada, asustada. La única persona que le hablaba así era Imelda.

–¿Cuándo quiere que lo hagamos? –preguntó en voz baja.

En cuanto lo hubo dicho, Garett clavó sus ojos en ella como había hecho en el mercado. Pero esta vez era diferente, esta vez estaba asustada. Lo había mirado esperando ver un rostro frío y calculador… pero no era así. Por un momento le pareció ver confusión en sus ojos, pero no… cuando volvió a mirarlo su expresión era totalmente indescifrable.

–¿Qué ha dicho?

Sienna tragó saliva. Repetir esas palabras iba a costarle un mundo. Garett era joven y guapo, pero acostarse con un hombre por dinero sólo tenía un nombre y ese nombre era... prostitución. Sin embargo, su situación era desesperada… sin dinero, sin futuro, sin esperanza. ¿No era lo más inteligente aceptar esa oportunidad? Sienna sabía que no habría felicidad para ella en la vida. Había conseguido cerrar los ojos y olvidar mucho dolor y decepción durante esos años. Su experiencia con Garett sería familiar en ese sentido. Pero, a pesar de su falta de corazón, poseía otras cualidades. Sienna lo sabía porque cada uno de sus movimientos despertaba una respuesta en ella. Garett era una fantasía. Su piel, sus ojos oscuros, esas manos grandes y fuertes…

–Muy bien, me acostaré con usted.

–¿Qué?

–Sí –insistió Sienna, cada vez más convencida–. Acepto. Puede usted rescatarme económicamente y luego pasaré una noche con usted.

Garett no contestó inmediatamente. Jamás en su vida había conocido a una mujer como Sienna di Imperia. Primero salía corriendo de un restaurante porque le había tocado el pelo y ahora lo invitaba a su cama…

Pero siendo la cría que era, Sienna no se comportaba como una cortesana profesional. Oh, no. Se acercaba a él como una cita con el peligro.

No había que ser un genio para entender que el suyo había sido un matrimonio de conveniencia y, por una vez en su vida, Garett se quedó sin palabras. No había nada que pudiera decir sin parecer condescendiente. Y si lo hacía, ella se pondría a llorar y entonces tendría que abrazarla… y todo sería un desastre.

Perplejo, Garett se metió una mano en el bolsillo del pantalón. Allí tocó unas monedas y eso le dio una idea.

–Vaya, vaya, vaya… está usted llena de sorpresas.

Era una mujer preciosa y veinticuatro horas antes la habría seducido sin pensarlo dos veces… si no fuera por esa loca idea de cambiar de vida. Pero ahora ella se ofrecía como un cordero para el sacrificio… Su actitud estaba haciendo que algo que él siempre había tratado como una diversión se convirtiera en una obscenidad. Y ése no era su estilo.

Sabía que debía de tener miedo de lo que iba a decir. Desde luego, estaba tan nerviosa que no podía ni mirarlo. Su relación había cambiado y no para mejor. ¿Cómo se había metido en aquel lío?

Él jamás había pagado a una mujer para que se acostara con él. Pero tampoco se había echado atrás en un trato ni había rechazado un reto. Y no pensaba hacerlo ahora.

–Mi oferta es restaurar esta casa y la granja por completo –anunció–. A cambio de pasar una noche juntos cuando todo haya terminado.

Eso le daba una cláusula de escape, pero con un poco de suerte Sienna no se daría cuenta. Garett tendría que volver a Nueva York antes de que el proyecto estuviera terminado y se marcharía sin acostarse con ella. Con un suspiro de alivio, saldría de su vida para siempre y Sienna no habría perdido nada. Jamás tendría que presentarse como un corderito inocente ante el altar.

No sabía de dónde había sacado la idea de que quería acostarse con ella, pero ahora que lo había sugerido iba a hacerle creer que eso era lo que quería. Ninguno de los dos podía echarse atrás sin perder la cara… y la pobre Sienna no parecía tener una gran autoestima, pensó Garett sintiendo algo dentro de su pecho.

Debía de ser por eso por lo que se le había ocurrido que la única forma de pagarle sería con su cuerpo. Si no fuera algo tan trágico Garett se habría reído.

–*Signora*, vamos a brindar.

Su voz era tan burlona como siempre y Sienna lo miró de arriba abajo. Garett era totalmente irresistible, como una avalancha de primavera que se lo llevaba todo por delante.

«Siempre puedo justificarlo diciendo que me sentí obligada a hacerlo por eventos que no pude controlar», pensó.

Al menos esta vez sería con un hombre deseable. Pero uno que tenía secretos, se recordó a sí misma.

Despacio, pensativa, Sienna levantó su copa para que Garett volviera a llenarla. Después del choque del fino cristal, su destino estaba sellado.

–Puede contar conmigo, *signora* –estaba diciendo él–. No le tocaré un pelo hasta que el trabajo aquí haya terminado y estemos completamente satisfechos. Mi contención está a punto de convertirse en legendaria.

Luego tomó la botella de champán y, empujando la oxidada puerta que daba al patio, regó las flores con su contenido.

–Usted encárguese de ocultar las pruebas –dijo, señalando las copas. Y no me mire así, *signora*. Muchas mujeres encuentran que dormir en mi cama es un placer.

Ella apartó la mirada, avergonzada.

–No diga esas cosas.

–Mire, *signora*, olvídese del asunto. Tengo cosas más importantes en mente ahora mismo que el sexo. Debería empezar a trabajar en el proyecto.

El sexo podía ser un tormento para ella, pero

darles la razón a los demás era algo que hacía muy bien.

—Sí, claro. ¿Qué quiere hacer primero?

Garett miró alrededor.

—No lo sé, voy a echar un vistazo. Usted termine de hacer lo que estuviera haciendo.

—Podría ayudarlo —sugirió ella.

—No, su sitio esta aquí, en la casa… al menos por el momento. Además, yo trabajo mejor solo.

Sienna volvió a la cocina, pensativa. Pero Garett apareció en la puerta unos minutos después.

—¿Qué está haciendo?

—Pasta.

—¿Pasta? Pensé que la pasta se vendía en bolsas de plástico.

—Pero antes hay que hacerla —sonrió ella—. A mi marido no le gustaban muchas cosas, pero ahora puedo cocinar todo lo que me apetece.

—Pasta casera, qué maravilla. No sé si la he probado alguna vez.

—Pues entonces se pierde una de las mejores cosas del mundo.

—¿La hace todos los días?

—No, todos los días no. La preparo para una semana más o menos —contestó Sienna, metiendo la pasta en una especie de rodillo.

—¿Sería más fácil si lo hicieran dos personas?

Sienna lo miró, pero como no respondió inmediatamente Garett fue al fregadero a lavarse las manos. Y ella se quedó impresionada. Su marido jamás se había ofrecido a ayudarla.

–¿Cocina usted, señor Lazlo?

–No… bueno, sé hacer tostadas. Y, por favor, llámame Garett.

–Muy bien, Garett.

–Bueno, ¿qué tengo que hacer, Sienna?

–Pues… hay que meter la pasta entre estos dos rodillos y apretar hasta que se vuelva fina.

–De pequeño utilicé un rodillo más o menos como éste… para meter a una rata muerta.

–¿Qué? –exclamó Sienna, horrorizada.

–Una rata muerta –repitió Garett–. Aún recuerdo los gritos de mi madre.

–¿Y quién limpió el desastre, tu padre?

–No. Mi padre sólo iba a casa cuando quería algo.

Su respuesta la silenció. Sienna conocía bien ese tipo de relación.

–Bueno, esto parece un poco complicado, pero es muy simple. Sólo hay que meter la pasta para alisarla…

–¿Y cómo la doblas así de bien? A mí se me escurre de las manos.

–Hace falta práctica.

–A ver…

Sienna intentó meter la pasta en el rodillo justo cuando Garett estaba cerrándolo y, sin querer, le pilló un dedo.

–¡Ay!

–Lo siento, perdona…. ¿te he hecho daño?

–No, no, es que me he asustado.

–Déjame ver.

Garett tomó su mano. El roce era ligero, pero firme y Sienna sabía que no habría manera de resistirse. Intentó sentir miedo ante la idea de cómo iba a tener que pagarle por salvar su casa, pero no sentía miedo alguno.

Capítulo 7

GARETT debía de saber lo que estaba pensando porque la miró a los ojos, en silencio.

—Temes que quiera cobrarme la deuda antes de tiempo, ¿verdad? Pues deja de tener miedo. Ya te he dicho que eso no es lo más importante.

—Si tú lo dices… —Sienna intentó mostrarse más segura de sí misma de lo que lo estaba.

—Mira, hasta que tu casa esté restaurada te doy mi palabra de que no pasará nada entre nosotros. Y yo siempre cumplo mi palabra.

—Me he hecho daño en los nudillos, no ahí —dijo Sienna entonces. Pero secretamente se alegraba de que Garett siguiera acariciando la parte más sensible de su muñeca.

—Ah, sí, pero es ahora cuando te digo que veo un maravilloso futuro para la finca Entroterra aquí, en la palma de tu mano —bromeó él.

—Se va a secar la pasta.

—Y eso es *exactamente* lo que veo aquí.

Coquetear con chicas guapas era una costumbre para él, pensó Garett. Como una segunda naturaleza.

–Afortunado en el amor, desgraciado en el almuerzo.

Sienna apartó la mano.

–No habrá almuerzo si no termino con esto –murmuró, intentando alejarse de él–. Será mejor que yo mueva la máquina y tú introduzcas la pasta.

Trabajaron en silencio. El proceso era repetido una y otra vez, hasta que la pasta se hacía suficientemente fina.

–Me está entrando hambre –dijo Garett–. No he desayunado.

–¿Cómo has salido de casa sin comer nada?

–Comer a primera hora de la mañana me hace sentir pesado. Perderme el desayuno significa que puedo llegar a la oficina antes que nadie y trabajar un poco más. Pero… si estás tan preocupada por mí quizá deberías ofrecerme algo.

Era la clase de orden que a Sienna le encantaba obedecer. Pero cuando levantó el paño blanco que cubría el *pandolce* arrugó el ceño.

–Todavía está caliente, pero puedo hacerte unos *stracchi* con pesto.

–No sé lo que es, pero me parece muy bien.

–*Stracchi* es una pasta muy fina, más fina que los *spaguetti*, y el pesto es una salsa que se hace con piñones, aceite de oliva, albahaca y queso parmesano o *peccorino*, el que tengas más a mano. Se tarda más en explicarlo que en hacerlo.

Garett se quedó mirándola mientras tomaba una cacerola y la llenaba de agua; mientras tostaba unos piñones en una sartén... le gustaba observarla, admirar sus movimientos. Parecía acostumbrada a cocinar y lo hacía con gracia, con elegancia.

–Ahora tengo que ir a buscar albahaca fresca al invernadero de Ermanno.

–Muy bien, yo me encargo de vigilar la pasta.

–Mueve la sartén de los piñones de vez en cuando. Queremos que se tuesten, no que se asen.

Cuando Sienna volvió con la albahaca, Garett estaba moviendo los piñones en la sartén como un profesional.

–Qué bien. Lo haces de maravilla.

–Puedo imaginar la reacción de Kane y Molly cuando lo haga para ellos –rió Garett–. Se van a quedar impresionados.

–No creo que ellos quieran comer esta comida de pobres –sonrió Sienna.

–Nunca se sabe.

–Puedes cortar el queso mientras yo lavo la albahaca.

Cuando terminó de preparar el plato Sienna miró alrededor buscando una bandeja, pero su madrastra debía de haber olvidado bajar la del desayuno.

–Me temo que tendrás que llevarte el plato al salón. No tengo bandeja.

–Comeremos aquí –sonrió Garett–. Aunque hace un poco de calor. No entiendo cómo la gente puede vivir sin aire acondicionado.

–La cocina se refrescará un poco cuando apague el fuego –dijo Sienna–. Si no te importa abrir esas ventanas para que entre un poco de aire… así tendremos corriente.

Mientras, ella abrió la puerta que daba al patio, aprovechando la oportunidad para respirar algo de aire fresco. El olor de la colonia de Garett la hacía pensar en bosques misteriosos y oscuros…

–¿Te encuentras bien, Sienna?

Ella lo miró y de repente la palabra «bien» no podía explicar sus sentimientos. Garett en carne y hueso era mucho mejor que en sus sueños. Era encantador… y en un próximo futuro se acostaría con él. En aquel momento estaba tan cerca que podía tocarlo. ¿Respondería si ella daba el primer paso?

Durante unos segundos, Sienna no pudo hablar. Se debatía entre el miedo que le producía el sexo y la posibilidad de que quizá fuera diferente con Garett…

–Estoy bien –dijo por fin–. Y afortunadamente, los *stracchi* también. Así que come antes de que se enfríen.

–¿Tú no vas a comer?

–No, yo he desayunado –contestó ella, sirviendo la pasta en un plato–. Puedes tomar tanto como quieras.

Y Garett lo hizo. La pasión que Sienna sentía cada vez que lo miraba casi se disipó en comparación con la alegría que le proporcionaba su buen apetito. Le encantaba que a la gente le gustase su comida. Era la única cosa en su vida de la que se sentía absolutamente segura. Desde los millonarios a los albañiles, todo el mundo necesitaba comer y ella tenía talento para cocinar.

–¿No vas a ofrecerme nada de beber? –sonrió Garett.

–Ah, sí, perdona. ¿Qué te apetece?

–Un café, si es posible.

–Sí, claro –sonrió Sienna.

Mientras ella iba a llenar la cafetera, Garett se quedó pensativo. Había visto cómo lo observaba mientras estaba comiendo. A pesar de su miedo por lo que ella creía que iba a pasar, durante un segundo sus ojos habían estado llenos de promesas. Era como si en él estuviera todo su universo.

Garett sabía por experiencia que podría haberla tomado en aquel momento como había hecho con otras cien mujeres…

¿Qué forma de pensar era ésa?, se regañó a sí mismo. La pobre chica estaba sola, tenía serios problemas económicos. Además, seguía de luto y seguramente echaría de menos a su marido. Él no estaba acostumbrado a tratar con mujeres tan frágiles y debía de estar tomando el sentimiento protector por atracción, se dijo.

Pero el cuerpo de Garett Lazlo era primitivo. Estaba acostumbrado a reaccionar por instinto, no por análisis. Mientras Sienna se movía por la cocina para hacer el café, cada uno de sus movimientos le excitaba. Era irresistible, pero después de ver el miedo en sus ojos había jurado no dejarse llevar por la tentación. Y ahora su cuerpo se había convertido en un instrumento de tortura para él. Era fascinante.

Garett se mantuvo en silencio mientras tomaba el café, luchando contra sus impulsos. Si la seducía ahora, rompería el hechizo que Sienna di Imperia había lanzado sobre él. La atormentaría a ella y rompería la promesa que se había hecho a sí mismo. Y nada lo convencería para hacer eso.

Pero la mirada de miedo en los ojos de Sienna lo perseguía más que sus ideas sobre el honor.

–¿Por dónde quieres empezar? –le preguntó Sienna después, mientras lo acompañaba al patio.

Cuanto antes pudiera demostrarle al mundo, y a sí misma, que aquello no era más que una relación profesional, mejor. Daba igual que no hubiese nadie allí; Sienna sabía que la gente del pueblo tenía ojos por todas partes y la llegada de Garett Lazlo no había pasado desapercibida.

–Empezaré por los lindes. Dame una idea de cuáles son.

–Ermanno habrá terminado de trabajar por hoy. Lo llamaré para que te acompañe…

–No hace falta. Yo siempre estoy rodeado de gente y será un placer explorar el terreno por mí mismo. Además, me gusta trabajar solo.

–A mí también –dijo Sienna–. Pero me gustaría que Ermanno y su mujer supieran lo que estás haciendo. No quiero que te tomen por un intruso. Ah, por cierto, en esta época del año debes tener cuidado con las víboras.

–¿Víboras? ¿En serio?

–Sí, en verano salen a tomar el sol.

–¿No es a mí a quien consideras una víbora? –sonrió Garett.

Pero Sienna no sonreía. Si Imelda la viese hablando en el patio con él… pero no podía decírselo porque sabía cuál sería su respuesta. Garett no estaba acostumbrado a los pueblos pequeños.

Las relaciones sexuales para un hombre como él debían de ser libres y divertidas, no coartadas por las expectativas de los demás. Y seguro que él no insistía en comer en silencio para que el servicio no tuviese nada que ir contando por ahí.

Después de su noche con él incluso podría llevarle el desayuno a la cama, con flores o champán…

–Espero que no estés intentando tentarme antes de tiempo, Garett.

Había pretendido que fuese una broma, pero su

voz había sonado ronca, casi sin aliento... y las palabras sonaron provocativas.

Él levantó una ceja, mirándola con un brillo sensual en los ojos. Y Sienna se encendió a pesar de sí misma, como si el calor del sol estuviera recorriendo sus venas.

–¿Haría yo algo así? Aunque... ahora que lo pienso, quizá sea mejor que llames a ese tal Ermanno.

–¿Quién? Ah, sí, claro.

Cuando Sienna se pasó la lengua por los labios, Garett se encontró a sí mismo conteniendo el aliento. Estaba tan acostumbrado a que las mujeres dieran el primer paso que ya apenas se fijaba en ellas. ¿Por qué ese gesto tan nimio de Sienna le parecía un triunfo? Quería protegerla, pero al mismo tiempo se sentía tan excitado como un adolescente. Ni siquiera podía arriesgarse a pasarle un brazo por los hombros porque, tal y como estaba en aquel momento, la cosa no pararía ahí.

Incómodo, apartó la mirada. Aquello no debía pasar. Los negocios eran lo primero y tenía muchas cosas que hacer allí. Esa debería ser la primera consideración. Y la única. Lo más importante era no dejar que nadie conociese de verdad a Garett Lazlo.

Sienna también tenía problemas para controlar su reacción.

«Debo pensar que esto es un acuerdo comercial», se decía a sí misma. Pero tenía la sensación de que Garett estaba a punto de hacer que ocurriese algo. Algo que haría realidad sus fantasías… y sus miedos.

Afortunadamente Ermanno estaba disponible y llegaría enseguida, pero Sienna no dejaba de darle vueltas a la cabeza. En los ojos de Garett Lazlo había todo tipo de promesas, pero su experiencia con Aldo le había enseñado a no esperar nada bueno de un hombre.

Un certificado de matrimonio era suficiente, solía decir Imelda. No se necesitaba nada más.

Pero ella sí.

Esa repentina independencia de pensamiento le alarmó. Aunque, en cierto modo, era excitante, divertido.

—Ermanno te mostrará la finca y las cosas que hay que hacer –dijo, quitándose el delantal para sacudirlo–. Yo tengo que volver a la cocina.

—¿Habla mi idioma, Ermanno?

—Lo suficiente para explicarte lo que hay que hacer.

«Pero no lo suficiente para hablarte de mí», pensó Sienna.

—Ha sido un invierno muy malo y no he podido encargarme de casi nada desde que Aldo murió, así que la finca está abandonada…

¿Por qué había aceptado aquella propuesta?, se preguntó entonces. El hombre que, según Molly, era uno de los mejores financieros del mundo iba a ayudarla a forjarse un futuro... pero el precio sería muy alto.

Garett la vio inclinar la cabeza. Aparentemente, el fantasma de su marido siempre estaría allí, como una barrera.

—Entiendo lo que tienes que haber pasado, Sienna. Nunca podrás olvidar a tu marido, pero su recuerdo te ayudará a vivir tu vida como a él le habría gustado.

Sienna iba a decir algo, pero cuando sus ojos se encontraron las palabras murieron en sus labios y lo miró con una expresión que él no pudo descifrar.

Debía de ser amor, se dijo. Por eso no la reconocía. Un largo aprendizaje en la escuela de la vida lo había hecho inmune a esa emoción.

—¿Por qué no vienes con nosotros? Ermanno puede ser nuestra carabina.

—Gracias por la oferta, pero tengo que volver a la cocina —contestó Sienna—. Cuando mi madrastra sepa que estás aquí seguro que querrá saludarte.

—Eso espero —murmuró Garett.

Para asombro de Sienna, Imelda Basso no se mostró ni remotamente impresionada por la idea de que un extranjero entrase en «su territorio». Aunque fuera un famoso hombre de negocios.

En cuanto Sienna mencionó su amistad con los Bradley, Garett Lazlo recibió el beso de la muerte. Imelda nunca había querido creer que Kane y Molly tuviesen dinero. Según ella, la gente rica no vivía de forma tan discreta, de modo que sus amistades tampoco podían ser gente acaudalada. Para su madrastra, la gente con dinero tenía que ir tirándolo a puñados.

Sienna se retiró a su habitación sin discutir. Nunca discutía con Imelda. ¿Para qué?

Más tarde, por la ventana observó a su visitante paseando por el olivar. Ermanno debía de haber encontrado algo que hacer porque Garett se dirigía hacia la casa solo. Con una mano en el bolsillo del pantalón, miraba alrededor con el aire de un hombre que podría levantar su casa en cualquier sitio.

Pero no iba a levantar su casa allí, en Piccia, pensó, saliendo del trance. Sienna corrió escaleras abajo, desesperada por llegar antes de que levantase el pesado llamador de hierro.

—Tienes una finca estupenda —dijo Garett cuando abrió la puerta—. Desde ese montículo se ve el mar.

—Lo sé. Es una de las compensaciones de vivir aquí.

—¿Una de las compensaciones?

—Quiero decir una de las… cosas buenas.

Él no parecía muy convencido.

—Sería una pena perder esta finca —murmuró—.

Mira, Sienna, quiero ser sincero contigo: hay que ponerse a trabajar de inmediato. De hecho, lo mejor sería que lo hiciese ahora mismo. Puedes buscarme una habitación que sirva de oficina…

–¡No!

–¿No?

–Mi madrastra…

–Los días en los que mandaba ella han terminado, Sienna. Vas a tener que empezar a pensar en ti misma.

Molly también solía decirle eso. Y Kane. Entonces recordó a la señora del mercado animándola para que fuese con él a comer…

–Muy bien. Pero no puedo dejarte entrar en casa ahora que mi madrastra se niega a recibirte.

–Perdona, ¿de quién es esta casa?

–Mía –contestó Sienna–. Puedes trabajar en el cobertizo. Es un cobertizo abierto que solíamos usar como invernadero…

–No, prefiero que mi cuartel general esté en casa de Kane y Molly –la interrumpió Garett–. Cuando te convenzas a ti misma de que eres la dueña de tu propia vida, ve a verme.

Y después de decir eso desapareció.

Las primeras conclusiones de Garett sobre la finca de Sienna no eran nada halagüeñas. Su futuro no parecía estar claro en absoluto. Dejando el coche de alquiler en la puerta de la cocina, decidió volver a la villa de los Bradley dando un paseo. Así podría pensar mejor.

Hacer un crucero por el Mediterráneo le había parecido una manera ideal de evitar las presiones y el estrés de la vida en Nueva York. Había pensado que podía escapar pagando en efectivo para permanecer en el anonimato y evitando las llamadas de su oficina. Aceptó la invitación de los Bradley con la esperanza de encontrar respuesta a la insatisfacción que le atormentaba, pero ahora se encontraba con una nueva serie de problemas.

Como la persona reservada que era, había pensado que la novedad de vivir con alguien lo ayudaría. Él estaba acostumbrado a tener empleados a mano las veinticuatro horas del día, pero eso no era lo mismo que estar con amigos. Garett no quería ni pensar en la palabra «relación» porque despertaba todo tipo de malos recuerdos.

Su única relación verdadera había terminado cuando tenía seis años. Porque fue entonces cuando presenció cómo su padre asesinaba a su madre. Desde ese momento, había jurado que jamás se casaría. Por eso nunca se quedaba demasiado tiempo en ningún sitio. Quedarse hacía que la gente, especialmente las mujeres, empezaran a pensar en compromisos.

Garett sólo estaba comprometido con su trabajo, que era una amante exigente, pero su lealtad le había dado millones.

Estaba concentrado en eso cuando un ruido llamó su atención. Giró la cabeza y vio a Ermanno acercándose a una casita que había detrás del patio. Una mujer con un delantal manchado de harina sobre el vestido negro lo esperaba con un cucharón en la mano, que levantó para que Ermanno probase su contenido.

La escena le recordaba la falsa intimidad que había compartido con Sienna en la cocina, mientras hacían la pasta. Quizá las mujeres sentían el deseo biológico de crear algo y, como hombre, estaba genéticamente programado para apreciarlo. ¿O eran más generosas que los hombres y compartir para ellas era algo natural?

Le habría gustado seguir observando a Ermanno y su mujer, pero tuvo que apartar la mirada. El momento era demasiado íntimo. Garett solía cenar con aristócratas y probablemente ganaba más en un minuto que cualquiera durante todo un año, pero en esos segundos sintió que Ermanno poseía algo que él no había tenido nunca: verdadera felicidad.

Capítulo 8

SIENNA apareció en casa de los Bradley una hora después y la criada la acompañó hasta una habitación que ella conocía bien… y que ahora estaba irreconocible, llena de papeles y ordenadores. Garett estaba en medio de aquel caos con un teléfono en la oreja, llegando a un acuerdo con un contratista.

–¿Qué has hecho en el cuarto de costura de Molly? –exclamó Sienna.

–A ella no le importa. Se ha ido de compras con Kane a Portofino.

–¿A esta hora?

–Pensé que a los europeos les gustaba alargar el día al máximo –sonrió él–. Ya he contratado al constructor que reformó esta casa, pero ahora te necesito a ti y tu bonito idioma para poner conceptos más complicados en esta lista… –Garett sacó un papel de la impresora.

–Oh, no, no he venido aquí a trabajar. ¿Qué diría la gente? Todo el pueblo está pendiente…

–Si quieres salvar la villa de tu difunto marido

tendrás que ayudarme. Yo suelo hacer milagros, pero para levantar un proyecto imposible como éste necesito tu ayuda.

–Pero…

Garett se levantó y tomó su mano por impulso.

–Sienna, tienes que hacerlo.

Y entonces, de repente, sin pensar, inclinó la cabeza para buscar sus labios.

Supuestamente, debía de ser un gesto tranquilizador. Un simple gesto para decirle que no iría más lejos. Pero no fue así.

En cuanto rozó sus labios, sintió que toda la tensión escapaba del cuerpo de Sienna, que se derretía como una onza de chocolate al sol. Y el efecto la transformó por completo. Su perfume era como un bálsamo. Era toda flores y aire fresco… y eso despertó tal anhelo en él que el beso siguió y siguió. La besó hasta que ella abrió la boca, no por miedo ni para protestar sino como una invitación.

Garett había oído que la mente se quedaba en blanco durante un beso, pero a él no le había pasado nunca. Se enorgullecía de mantener la cabeza fría todo el tiempo. Eso era lo que lo había convertido en un hombre de éxito. Sin embargo, mientras besaba a Sienna…

En aquel momento todas sus anteriores experiencias dejaron de contar. Aquélla era la única que importaba.

Pero Sienna di Imperia no podía significar nada para él. Por bella que fuera, por dulce que fuera. Y, sin embargo, tenía que tenerla... de inmediato. Tomando su cara entre las manos, Garett volvió a besarla con una pasión que quemaba como el fuego. Pero el gesto fue demasiado ardiente y sacó a Sienna de su trance.

No, aquello no podía ser. Lo deseaba, pero no quería el sexo sin emoción de aquel acuerdo. Había habido mucho dolor en su pasado, por eso tenía que poner cierta distancia. Era demasiado frágil. Estaba acostumbrada a perder su dignidad bajo el peso de la autoridad masculina, pero aquello no se parecía nada. Lo que había pasado cuando Garett la besó era mucho más aterrador. Porque en esos segundos de pasión había perdido la cabeza.

–No, no puedo. Es demasiado pronto...

Garett estaba intentando llevar aire a sus pulmones. La contención no estaba en su naturaleza. Había probado sus besos y quería más. Eso era lo único que importaba.

–¿Lo harías para salvar la herencia de Aldo?

Sienna cerró los ojos. Si pudiera olvidar todos sus problemas escondiéndose tras la puerta de la querida casa que había dejado atrás al casarse con Aldo di Imperia...

–Si pudiera volver a mi casa en el pueblo y no ser molestada por nadie nunca más... sí, por eso vendería mi alma.

Lo había dicho con voz firme, pero le temblaban las piernas. Después, se dio la vuelta y cerró de un portazo que resonó por toda la casa.

Sienna se alejó de la villa de los Bradley con la cabeza bien alta. Sólo cuando estaba lejos sus ojos empezaron a llenarse de lágrimas.

En un instante había pasado del éxtasis al terror. Garett iba a romper su parte del trato, lo sabía y no podía hacer nada. Aquel hombre era una tentación pero si se rendía, él no tendría incentivo para arreglar la casa. Y si se negaba no podría evitar que se marchara de Piccia.

Quería escapar, salir corriendo, pero no había forma de hacerlo. Lo único que quería era esconderse en la casita en la que había crecido, pero Imelda jamás se rebajaría a vivir allí y, sin esperanza de salvarla sin la ayuda de Garett, no podía hacer nada. Tendría que quedarse allí, en la casa de Aldo, llena de horribles recuerdos.

Estaba atrapada.

Su padre debía de haber encontrado algo bueno en Imelda, de modo que Sienna pensaba que era su deber cuidar de ella. Pero cuidar de Imelda significaba quedarse en Entroterra y para eso necesitaba dinero. El plan de su madrastra era que Claudio se fuera a vivir con ellas, pero ése era un precio que Sienna no estaba dispuesta a pagar.

Y ahora Garett le ofrecía una vía de escape. Lo único que tenía que hacer era aguantar un poco y sus problemas se habrían resuelto… pero sólo mientras él cumpliera su palabra. Garett le había explicado que él pondría el dinero para las reformas y, cuando hubieran terminado, la casa sería hipotecada a nombre de Sienna. De modo que podría contar con ese dinero. Y su madrastra no podría tocar un céntimo.

Sienna intentó consolarse a sí misma con la idea de que sacrificando su cuerpo salvaría la casa de Aldo y el buen nombre de la familia. Y darle una oportunidad a Garett para quedarse en Piccia sería una alegría para sus amigos Molly y Kane. Además, vivir en una casa reformada podría mantener a Imelda callada durante un tiempo.

Pero eso significaba que tendría que entregarle su cuerpo a un hombre que trataba el sexo como un juego. De no ser así, ¿por qué lo usaría en un trato?

Sienna jamás se había perdonado a sí misma por casarse con Aldo. Lo hizo para conservar la propiedad de su padre y ahora tendría que dejar a un lado sus principios por segunda vez. Circunstancias desesperadas la habían empujado a casarse con Aldo di Imperia y esta vez se estaría vendiendo a Garett Lazlo.

Pero ¿era eso peor que casarse con Claudio sólo con la esperanza de que el primo rico de Aldo silenciara las continuas demandas de dinero de su madrastra?

Garett era todo lo que podía desear en un hombre: atractivo, inteligente, simpático. Incluso admiraba sus chales. Y, sobre todo, le gustaba cómo cocinaba. Sienna sabía que no habría otro hombre para ella.

Pero ahora su sueño estaba convirtiéndose en una pesadilla. En realidad, no era diferente de Aldo. Quería lo único que ella temía darle.

Tenía que hacer algo para salvaguardar la propiedad de su difunto marido y la casita de su padre. Sin embargo, Garett Lazlo había aparecido en su vida tan de repente… quizá perdería el interés en unos días, se dijo. Quizá no tendría paciencia para reformar dos casas que no eran suyas.

Era el hombre más increíble que había conocido nunca, pero Sienna sabía que eso no podía hacerle olvidar el peligro. Sólo había una cosa a su favor: que Garett la deseaba. Lo había visto en sus ojos, en su forma de besarla. No podía disimular la reacción que provocaba en él y Sienna empezó a albergar cierta esperanza.

Pero debía controlarse a sí misma. Si era inteligente, podía convertir el sexo en un arma. Y la usaría contra él hasta que su trabajo estuviera terminado. Sólo entonces, cuando ella estuviera satisfecha, conseguiría Garett Lazlo su propia satisfacción.

Pero ¿no era ésa una forma de pensar mercenaria?

Sienna sacudió la cabeza, indecisa. Nunca se había enfrentado con un problema así.

Garett no se movió. Ir tras ella no valdría de nada. Además, no necesitaba hacerlo. Sienna volvería tarde o temprano.

Mientras se duchaba intentó organizar sus pensamientos, pero lo único que podía ver era el rostro de Sienna. La experiencia le había enseñado a no confiar en nadie, pero ella era diferente. O quizá él empezaba a ver las cosas de forma diferente.

Un incidente en Nueva York le había hecho pensar que tenía que haber otra forma de vivir. Un chico, un crío de doce o trece años, lo siguió por la calle para pedirle dinero y Garett se encontró echándole la bronca a gritos y odiándose a sí mismo por hacerlo. No mucho tiempo atrás *él* era ese chico.

La idea de que el éxito estaba convirtiéndolo en un monstruo paranoico le horrorizaba. Por eso escapó de Manhattan.

Aquella inesperada estancia con los Bradley le estaba resultando beneficiosa. Los Bradley eran gente decente, normal, con los pies en el suelo.

Pero no podía dejar de pensar que lo habían enfrentado con un sueño. Sienna era todo lo que deseaba en una mujer... hermosa, encantadora. Aunque eso no valía de nada. Por muy diferente que fuese Sienna di Imperia, al final sería como las demás. Una vez que cayese rendida a sus pies, sus preciosas pestañas empezarían a sacudirse como un fajo de euros. Las mujeres querían placer y querían dinero. Y Garett sabía que podía darles ambas cosas hasta que se aburriera.

Entonces sacudió la cabeza. Pensar en placeres era una cosa, buscarlos otra muy diferente. Estaba de vacaciones para apartarse del estrés, del trabajo y también de las mujeres que lo perseguían en Nueva York, pero trabajar para la finca Entroterra lo mantendría ocupado. Estaba seguro de que dormir todo el día en su yate o allí, en la finca de los Bradley, lo habría matado de aburrimiento en dos días. Hacer algo, mantenerse activo sería mejor. Y, además, podría deleitarse con Sienna, obligándola a hacer su voluntad sin el menor peligro para su corazón...

Al día siguiente Sienna se puso la chaqueta de lino negro y la falda que había comprado para el funeral de Aldo. Envolviendo sus sandalias de tacón en una bolsa de plástico para que Imelda no la viera salir así, se dirigió a casa de los Bradley. Sólo cuando estaba llegando y nadie podía verla se las puso. Si iba a trabajar con Garett, tendría que ir bien vestida. Escondiendo los mocasines en el bolso, Sienna se estiró la falda y arregló un poco el cuello de la chaqueta antes de llamar a la puerta.

Pero la criada le dijo que los Bradley habían salido. Sienna, que había ido ensayando su discurso para que Kane y Molly no supieran a qué acuerdo había llegado con Garett, se sintió perdida.

—*Signora di* Imperia —oyó la voz de Garett entonces.

Estaba bajando por la escalera, abrochándose los puños de la camisa.

—Hola, señor Lazlo.

—Estaba a punto de irme —dijo él, haciéndole un gesto a la criada para que se retirase—. Lo tengo todo controlado con respecto a tu casa, así que había pensado ir a dar una vuelta. Kane me ha dicho que puedo tomar prestada su avioneta para ir a Niza un par de horas. ¿Te apetece venir? Estás vestida para pasar el día en la ciudad.

Sienna pensó en el irresistible Mediterráneo, en las terrazas llenas de gente rica y ociosa…

—No puedo…

—Lo pasarías bien.

—No, es mejor que vayas solo. Siento haberte molestado…

–No me has molestado en absoluto. ¿Por qué no vienes conmigo?

–No, gracias. Había venido a trabajar.

–Me alegra oírlo, pero podemos trabajar en Niza, sin que nadie nos vigile –sonrió Garett, tomando su mano.

–He dicho que venía a trabajar y lo digo en serio.

–No lo dudo ni un momento.

–Me alegra saberlo, *signor* Lazlo, porque he venido a hacerle una proposición. Una decente, para que no se haga ilusiones por lo que pasó ayer. Necesito desesperadamente mi casa, pero anoche no pude pegar ojo pensando… en fin, intentando reconciliar mi deseo de mantener el legado de mi marido y el hecho de que debo vivir el presente. He decidido que no puedo sacrificar mi cuerpo. Prefiero que venda las propiedades de mi padre para mantener la finca. Entonces no le deberé nada… ni dinero ni ningún otro tipo de obligación.

Garett soltó su mano, sorprendido.

–Entonces, ¿tú no estarías incluida en el trato?

–No.

–Pero yo sé lo que la casa de tu padre significa para ti, Sienna.

–Es lo más importante del mundo para mí.

Garett metió las manos en los bolsillos del pantalón y se encogió de hombros.

–Muy bien. Llamaré a un agente inmobiliario para que haga la tasación y veremos cuánto ofrece.

–¿No te importa? –preguntó ella, tuteándolo de nuevo.

–¿Por qué iba a importarme? Si has tomado una decisión, olvidaremos el otro… acuerdo.

Aquélla no era la reacción que Sienna había esperado. Había tenido que armarse de valor para presentarle esa idea y esperaba que Garett la rechazase. En lugar de eso, lo trataba como un simple cambio de opinión en una transacción comercial.

–¿No vas a decir nada más?

–¿Qué quieres que diga? No esperarías que te suplicase, ¿verdad? Yo no soy ese tipo de hombre. Has tomado una decisión y ya está. Te muestras firme, seguramente por primera vez en tu vida, y eso me agrada.

–Gracias –dijo Sienna. Pero tenía un peso en el corazón. Debería sentir alivio y, sin embargo, se sentía decepcionada.

–¿Vienes conmigo a Niza? Así podremos seguir hablando.

Sienna, sin decir nada, lo siguió hasta el garaje.

–Bueno, si voy a tomar prestada la avioneta, también puedo tomar prestado el Mercedes –sonrió Garett, abriéndole la puerta.

Sienna no estaba acostumbrada a esos lujos. Aldo tenía un Fiat grande, pero tan viejo como el burro de Ermanno. Y aquel coche era nuevo, brillante, recién salido de fábrica...

−Sólo hace falta dinero para tener esto −dijo Garett, como si leyera sus pensamientos−. Por cierto, en caso de que esa propiedad no dé dinero suficiente para el proyecto Entroterra, ¿tienes algún plan de contingencia para salvarte a ti misma de mis garras?

−¡Calla! −exclamó Sienna, mirando hacia atrás.

−Los empleados de Kane son muy discretos, no te preocupes.

−No tengo ningún plan, pero... bueno, la verdad es que sí había pensado algo. Si tú comprases la finca, podrías obtener beneficios y yo ganaría algo de dinero.

−Ah, veo que te estás volviendo independiente por segundos −rió Garett−. Gracias pero no, *signora*. Tengo todas las propiedades que necesito. El gitano que hay en mí prefiere quedarse unos días con Kane y Molly o de vacaciones en mi yate. No necesito comprar más propiedades.

Sienna miró por la ventanilla, mordiéndose los labios. Lo único peor que tener que vivir en un diminuto apartamento en la ciudad sería tener que casarse con Claudio.

−No puedo ofrecerte otra cosa.

−¿Ésa es tu última palabra?

−Sí −contestó Sienna. Quizá si se mostraba firme, como él había dicho, podrían llegar a un acuerdo.

–Bueno, ya veremos el dinero que ofrecen por la casa.

«A tu manera, te estás haciendo una mujer adulta, Sienna di Imperia», pensó Garett. «A ver cómo respondes al tener licencia para vivir».

Capítulo 9

SIENNA se puso las gafas de sol sobre la cabeza para apartar el pelo de su cara. Acababan de llegar a Niza y Garett había desaparecido. Quería estar solo un momento, le había dicho.

Sólo cuando se alejó, Sienna se dio cuenta de que estaba dándole la oportunidad de ser libre. Imelda y Aldo siempre habían tomado las decisiones por ella, siempre le habían dicho lo que tenía que hacer. Garett no era así.

«¿Por qué no vas al mercado y compras unas flores?», le había sugerido. «Las flores alegran el espíritu». «Vive como si tuvieras diez mil euros más de los que tienes para gastar».

De modo que allí estaba, delante de un puesto de flores. Aquél era el tipo de trabajo que a ella le gustaba. Embrujada por el aroma de las gardenias, compró un ramo y lo guardó en el coche. Nunca había hecho una cosa así, pero intentó convencerse a sí misma de que, por primera vez en su vida, tenía una cuenta de gastos.

Pondría las flores en la entrada para disimular el olor a moho de la vieja casa.

Sorprendida, Sienna pensó que jamás se le habría ocurrido hacer una cosa parecida. Conocer a Garett estaba transformándola…

–Vaya, veo que te has tomado muy en serio mis sugerencias.

–Señor Lazlo… Garett, espero no estar siendo demasiado extravagante.

–Te dije que gastases lo que quisieras. Deja que yo me preocupe por el dinero. Te aseguro que no es un problema –sonrió él–. Y hablando de extravagancias, he reservado mesa para dos. Será mejor que termines, tenemos que irnos.

Sienna miró su reloj.

–Es demasiado temprano. ¿Has vuelto a salir de casa sin desayunar?

–¿Después de cómo reaccionaste la última vez? No, tengo que recoger un par de cosas por el camino. Para cuando lleguemos allí, será la hora de comer.

Sienna asintió. Las tiendas en Niza eran maravillosas, tan caras como las de Portofino. Sola, jamás habría tenido valor de entrar en una de ellas. Con Garett, podía entrar en sitios en los que nunca se habría atrevido a entrar.

Cuando llegaron a una exclusiva tienda de ropa, intentó poner cara de que compraba allí todos los días. Pero, en realidad, estaba mirando los vestidos de cóctel con el ojo de una espía industrial, por si podía copiarlos.

Su emoción se convirtió en alarma cuando Garett la empujó hacia un probador y una mujer le dio un montón de vestidos. Cada uno más bonito que el anterior.

–¿Qué es esto…?

–Sólo quiero que te los pruebes.

–Pero yo no…

Había vestidos de Chanel, de Armani…

–No te preocupes por eso. Elige algo que impresione al director del banco. Y a mí. Si quieres convencerme de que tienes el carácter que hace falta para defenderte por ti misma una vez que yo vuelva a Nueva York, tendrás que empezar por estar a la altura del papel.

Sienna estuvo a punto de negarse, pero la tentación de probarse aquellos vestidos fue superior a ella. Además, las empleadas se mostraban ansiosas por complacerla y no quería decepcionarlas.

Delante del espejo, con un montón de chicas ofreciéndole una colección de vestidos de ensueño, Sienna interrogó a su imagen. ¿Cómo podía dejar que aquel extraño le comprase ropa de diseño?

La razón era evidente: necesitaba ropa. La chaqueta y la falda negras eran lo único que había comprado en años y los había comprado en un

momento de necesidad, para el funeral de Aldo.
Su difunto marido odiaba gastar dinero y consideraba que las fibras indestructibles eran el mejor
invento del ser humano, aunque no transpirasen.
Para que Imelda vistiera como la suegra de un millonario, Sienna se había visto obligada a suplicar
dinero. Y a su marido le costaba tanto trabajo dárselo que jamás le había pedido nada para sí misma.
En lugar de eso, copiaba modelos de las revistas o
arreglaba sus viejos vestidos.

Y ahora aquel hombre la llevaba a Niza y le
compraba ropa de diseño… no podía ser.

Pero lo era.

Sienna miró a las mujeres que pasaban por la
calle, deteniéndose frente al escaparate. Cualquiera se cambiaría por ella sin pensarlo dos veces, de modo que no tenía derecho a ser desagra-
decida. Pero si Garett no quería comprar su casa,
lo único que podía hacer era vender algo para pagarle. No quería estar en deuda con él.

Al final, eligió el vestido de Chanel y, mientras
Garett pagaba con una tarjeta de crédito dorada,
Sienna intentó descubrir cuánto había costado,
pero nadie en la tienda quiso decírselo. La idea de
vender algo para pagar su deuda cada vez le parecía más inteligente. Pero ¿qué podía vender?

Había un cuadro en su casa que siempre había
odiado. Era en lo único que su madrastra y ella estaban de acuerdo. Era un cuadro oscuro, raro, con

unos jóvenes medio desnudos contorsionándose. En palabras de Imelda resultaba «repugnante».

Quizá Garett lo aceptaría como pago.

Cuando lo mencionó, él se mostró encantado de que tuviera ideas. Además, sabía de qué cuadro hablaba porque se había fijado cuando estuvo echando un vistazo por la casa.

En cuanto volvieron a Piccia, llamó a un experto para que hiciera una tasación y, unos días después, gracias a unas fotografías, el tasador le confirmó que, en principio, era un cuadro de gran valor.

Desde ese momento Garett se sintió seguro cuando pagaba a arquitectos y constructores. Pero le advirtió a Sienna que lo mejor sería no decirle nada a Imelda.

Garett, que empezaba a pensar que involucrarse con la finca de Entroterra había sido una buena idea, hizo que Sienna fuese a bancos e instituciones financieras apoyada por esa tasación. Y, por el momento, todo iba mejor de lo que habían esperado.

Dormir siempre había sido difícil para Sienna, pero ahora que estaba endeudada hasta el cuello le resultaba casi imposible pegar ojo. No sólo estaba preocupada por el dinero sino por la «aparente» fortuna de Garett Lazlo. Varias veces durante la cena en casa de Kane y Molly, los Bradley, de broma, habían intentado que les dijera cuánto dinero tenía y Sienna se sintió avergonzada. Pero ahora le gustaría que Garett hubiera contestado.

La experiencia le decía que Imelda tenía razón y que los hombres ricos ofrecían seguridad, pero algo dentro de ella quería rebelarse. Buscar desesperadamente alguien que te mantuviera era… vergonzante.

El amor… eso era lo que anhelaba, pensó con tristeza. Piccia estaba lleno de familias unidas por lazos más fuertes que el papel moneda. Eran pobres, pero honrados y felices al mismo tiempo.

Aparentemente, Garett Lazlo tenía todo lo que un hombre podía necesitar en la vida y, sin embargo, siempre parecía inquieto, insatisfecho. Tanto que Sienna empezaba a preguntarse si le molestaría su conciencia. Y decidió investigar un poco.

Un día, cuando su casa estaba llena de albañiles, se ofreció a ir al mercado con Ana María, la secretaria de la cooperativa. Así tendría una oportunidad para volver a Portofino.

En cuanto terminó su turno en el mercado, Sienna se dirigió al puerto. Las banderas de los yates se movían alegremente con la brisa, pero ella no estaba allí para ver aquellos maravillosos barcos. Estaba buscando uno en particular.

Los Bradley no habían podido sacarle información a Garett sobre su nuevo yate, pero Sienna estaba decidida a encontrarlo. Le parecía raro que no quisiera hablar de ello. Por lo que Kane y Molly le habían contado del tamaño y el número de la tripulación debía de ser uno de los más grandes del puerto. Además, se rumoreaba que a los empleados de los mejores yates no les importaba dejar que los turistas los visitasen cuando los propietarios estaban fuera.

Había esperado que la tarea resultase fácil, pero no fue así. Nadie había oído hablar de Garett Lazlo. Armándose de valor, Sienna preguntó a las jovencitas de aspecto aristocrático que estaban sentadas en las terrazas y a los empleados del puerto. Pero nadie sabía nada.

Luego volvió al mercado, pensativa. Lo único que evitaba que volviese a casa a toda prisa para exigirle una explicación era su amistad con los Bradley. Si Molly y Kane confiaban en él, Garett no podía ser un mentiroso. ¿O sí?

¿Y si todo lo que le había contado era mentira?

–Estás muy callada, Sienna –le dijo Ana María mientras volvían a Piccia.

–Siempre estoy callada.

–Sí, pero el de hoy es un silencio diferente. Oye, mira… ¿ves ese humo? ¡Hay un incendio!

Sienna se volvió para mirar por la ventanilla, alarmada.

–¡Es mi casa!

Ana María pisó el acelerador y, cuando la furgoneta de la cooperativa se detuvo, Sienna salió de ella como una bala.

–Espera… no pasa nada, sólo es una hoguera.

–Es Garett –murmuró Sienna, colorada hasta la raíz del pelo.

Garett, que se había quitado la camisa para evitar el calor. Tenía los bíceps marcados, los abdominales de acero…

–Ahora entiendo que estés tan callada –rió Ana María–. Un hombre como ése debe de darte mucho que pensar.

–Sí, bueno… tengo que irme. Te dejo con… con lo que tengas que hacer –se despidió Sienna.

Ana María le hizo un guiño, pero ella estaba demasiado furiosa como para darse cuenta.

–¡He visto el fuego desde la carretera! Me he dado un susto de muerte, pensé que mi casa se había quemado. ¿Se puede saber qué estás haciendo?

–¿No quieres que te ayude a solucionar tu futuro?

–Sí, pero ¿a qué precio?

–Sigue hablando así, Sienna, y empezaré a pensar que puedes hacer esto sin mi ayuda –rió Garett.

Una gota de sudor se perdió entre la mata de vello oscuro de su torso. Sienna lo miraba como hipnotizada hasta que él se dio la vuelta para ponerse la camisa, sin molestarse en desabrocharla.

–¿Así está mejor?

Ella no sabía qué decir.

–Si te pones y te quitas la camisa sin desabrocharla… se soltarán los botones.

–Entonces compraré otra –contestó Garett, inclinándose para hablarle al oído.

Sienna se hartó. Estaba mintiéndole a Kane y Molly sobre su supuesta fortuna y no pensaba dejar que también la engañase a ella.

–¿Con qué dinero?

–Bueno, supongo que podré encontrar unas monedas en el bolsillo del algún pantalón –bromeó Garett.

–¿Sabe una cosa, señor Lazlo? Sé que no tiene usted un céntimo. No tiene un yate en Portofino, desde luego. He estado allí y nadie lo conoce.

Él la miró, atónito.

–Y hay una razón para eso. Pero si sentía curiosidad, *signora*, debería haber empezado más cerca de casa. Por ejemplo, por ese cuadro que cuelga sobre la chimenea.

–¿Esa cosa negra horrible?

–Esa cosa negra. Aunque ahora que ha llegado el resultado de la tasación debería llamarla «esa cosa negra que resulta ser una obra maestra».

–Lo dirás de broma.

–No, no es una broma. Acaba de llegar la noticia. Si vendes ese cuadro resolverás todos tus problemas económicos… y más. Enhorabuena.

Pero Sienna no quería dar marcha atrás.

–Sí, claro, y ahora resulta que eres un experto en arte, además del propietario de un yate inexistente.

–No, pero soy suficientemente listo como para saber cuándo estoy delante de algo bueno.

Sienna tuvo la impresión de que no estaba hablando sólo del cuadro. Y, de repente, se sintió perdida. Aquel hombre podía ser un mentiroso, pero resultaba creíble. Y era tan guapo…

–Entonces, pediré una segunda opinión de inmediato.

–¿Estás loca? Con tanta gente extraña alrededor, cualquier noticia viajará a la velocidad de la luz. La identificación preliminar ha sido hecha a través de fotografías y el análisis detallado puede esperar hasta que los albañiles lleguen a esa habitación… pero luego habrá que sacar el cuadro de la casa. Y habrá que llevarlo a un sitio donde puedan hacer la tasación oficial.

–¿Un amigo tuyo, por ejemplo?

–Una casa de subastas de Nueva York, Sienna –suspiró él.

–Espero que eso no signifique que vas a llevarte el cuadro en tu yate ficticio.

–Ficticio, ¿eh? –Garett tomó su mano y la llevó hasta el coche.

–¿Qué haces?

–Deja que te invite cordialmente a disfrutar de mi fantasía.

–¡Espera! Tengo que hacer la comida para Imelda –protestó ella, sin mucha convicción.

–Que se la haga ella misma por una vez –replicó Garett, entrando en el coche y arrancando a toda velocidad–. Es hora de que empieces a vivir un poco.

Capítulo 10

GARETT detuvo el coche en el aparcamiento del puerto y, mientras le abría la puerta, hablaba rápidamente por el móvil.

Y, unos segundos después, Sienna comprobó que una lancha se acercaba a toda velocidad.

—En dos minutos serás la invitada de honor en el Spinifex. Espero que puedas sonreír cuando te presente a la tripulación.

—Sigo sin creerte —dijo ella, aunque empezaba a no estar tan segura—. El Spinifex es el yate más grande de la zona y el propietario es un millonario canadiense. Lo sé porque me lo ha dicho uno de los oficiales del puerto esta mañana…

Garett soltó una carcajada, el sonido haciendo que Sienna se sintiera como una tonta.

—¿Y cuántos europeos notan la diferencia entre un acento canadiense y uno estadounidense?

Si seguía teniendo alguna duda, todas se disiparon cuando la lancha los recogió unos minutos después.

—Me marché de Manhattan sin decirle nada a

nadie –le explicó Garett, mientras se dirigían hacia un espectacular yate–. Tenía que irme… poner distancia entre Nueva York y yo. Y pagar en efectivo me aseguraba el anonimato. Las únicas personas en Italia que conocen mi verdadera identidad son los Bradley y tú, Sienna. Y la gente que comprobó mi pasaporte, claro.

–¿Has hecho algo ilegal en Estados Unidos? –preguntó ella, nerviosa.

–No, pero quizá debería serlo.

–¿Inmoral?

–No, aunque empiezo a pensar que tampoco fue muy ético.

Sienna no podía imaginar lo que había hecho. No quería ni imaginarlo. Pero desde el momento que subieron al barco, la tripulación la trató como si fuera de porcelana.

Después de años soportando la polvorienta decrepitud de la casa de Aldo, aquel yate era como el paraíso. Tenía una cubierta para tomar el sol del tamaño de su cocina y unos empleados que estaban continuamente pendientes de ella. La trataban como a una invitada de honor, ofreciéndole champán y canapés…

Sienna se sentía como una princesa.

Y a su lado había un hombre que parecía un príncipe. Garett estaba tan cerca que podía ver cómo su pelo se ondulaba en la nuca y el tono de piel más claro bajo el cuello de la camisa.

–Espero que tengas apetito.

–¿Eh? –murmuró ella, tragando saliva.

–Vamos a cenar aquí.

–¿Cenar? Pero no estoy vestida… vengo directamente del mercado.

–Yo también voy en vaqueros.

Sienna miró la copa de cristal que tenía en la mano. ¿Qué podía decir?

–No esperaba esto. De haberlo sabido me habría puesto el vestido de Chanel.

–A mí me parece que estás muy guapa.

–¿Seguro?

–*Signora di* Imperia, hágame el honor de cenar conmigo esta noche… el atuendo es completamente opcional –sonrió Garett tomando su mano para llevarla al comedor.

¿Cómo iba a negarse?

Los nervios arruinaron el primer bocado de langosta, pero el sorbete de champán borró el amargo sabor de la vergüenza.

–Siento haber dudado de ti –se disculpó cuando terminaron de cenar.

–No te preocupes por eso –contestó Garett, encogiéndose de hombros.

–Pero después de lo que estás haciendo por mí…

–Sí, bueno, no tiene importancia. Me gusta trabajar al aire libre en lugar de estar encerrado en una oficina.

–No parece que tengas ganas de que el proyecto termine.

–Aunque no hay mucho que esperar desde que decidiste echarte atrás, ¿no? –sonrió Garett, burlón.

–Entonces, ¿de verdad no vas a insistir en que cumpla mi parte del trato?

–Claro que no.

Sienna se preguntó cómo reaccionaría si le dijera que sólo había sugerido ese trato porque no tenía más remedio. Porque estaba desesperada.

–Debo admitir que me daba miedo. No es algo que yo suela hacer…

–Ya lo sé, Sienna.

¿Por qué le daba miedo?, se preguntó Garett. Ella misma lo había sugerido. Desde luego, no había recibido un ultimátum por su parte. Qué curioso que algo que para él era un placer para ella fuera una pesadilla. Le resultaba inimaginable que una mujer tuviera que sufrir para vivir una noche de pasión. ¿Qué le habría pasado en la vida para que pensara de ese modo?

–En fin, es tu decisión. Pero te estás negando a ti misma la que sería una experiencia maravillosa, Sienna.

Ella no estaba tan convencida.

–No, no lo creo. El sexo no es nada más que pistones y válvulas.

–¿Qué? –rió Garett.

–Lo que he dicho.

—Conmigo no sería así, te lo aseguro.

—¿Por qué no? El sexo no ha sido más que un problema para mí en el pasado. Estoy mejor sin él.

—¿Por qué piensas así?

—Porque lo sé. El sexo hace que los hombres se pongan furiosos.

—No, Sienna, no es así —murmuró él, mirándola a los ojos.

—Sí es así. Provoca furia. Y la furia es lo que mató a Aldo.

—¿Tu marido murió porque… se enfadó contigo?

Sienna asintió con la cabeza.

—Dejé el teléfono descolgado después de hacer una llamada. Otra vez. Y lo peor era que había llamado a la mercería.

—No te entiendo.

—Aldo no quería que tejiese cuando debería estar haciendo recados. Mi obstinación lo envió al otro mundo… eso dijo el médico.

—¿El médico dijo eso? —exclamo Garett, atónito—. ¿O fue Imelda?

—Imelda me lo contó. El certificado de defunción de Aldo decía que había sido un infarto pero, según Imelda, el médico sólo intentaba ahorrarme un disgusto.

Garett se pasó una mano por el pelo, estupefacto. ¿Cómo podía aquella chica ser tan inocente?

—Entonces, ¿crees que mataste a tu marido?

–Sí, aunque a veces creo… que el médico tenía más razón que Imelda.

–Ah, ya veo. ¿Y eso explica que todos los teléfonos en Entroterra estén descolgados?

Sienna asintió con la cabeza.

–Sí, siempre los dejo descolgados. A propósito.

Garett soltó una carcajada.

–Entonces todavía hay esperanza para ti.

–¿Qué quieres decir?

Él contestó con una pregunta:

–Dime… ¿qué crees que habría pasado si nos hubiéramos acostado juntos, Sienna?

–Que te habrías puesto furioso.

–Nunca. Jamás –dijo Garett. La seducción era uno de los grandes placeres de la vida–. Es lo mejor del mundo, Sienna. Mira, ¿por qué no llegamos a otro acuerdo? El trabajo en la casa estará terminado en un par de semanas y entonces quizá podremos celebrarlo. Esa noche podrás decidir si quieres que sigamos adelante…

–No te entiendo.

–Esa noche podrás decidir si quieres descubrir las delicias de la vida. ¿Suena bien?

Ella asintió con la cabeza.

–Tú decides, Sienna.

Sienna se negaba a mirarlo a los ojos, pero más por vergüenza que por miedo.

–¿Por qué un hombre como tú querría acostarse con una mujer como yo? Puedes hacerlo con quien quieras.

Garett se pasó una mano por el pelo.

–Estoy cansado de mi estilo de vida. Cuanto más miro a mi alrededor ahora, más pienso que debo disfrutar de lo que tengo. Estoy harto de amasar dinero.

–¿En serio?

–En serio. Había perdido de vista lo que es importante de verdad en la vida. Y me di cuenta cuando me encontré gritándole a un crío que me pedía dinero en la calle… un crío que era mi viva imagen a su edad. Como él, yo perdí a mi madre de pequeño y tuve que vivir en la calle. No tenía derecho a considerarme mejor que él. Sencillamente, yo escapé forjando mi propia suerte. Ésa era la única diferencia entre él y yo.

–Garett… no sabía que tu infancia hubiera sido así de terrible. ¿Qué pasó?

–Mi padre era un borracho… un día mató a mi madre a golpes porque no era capaz de hacer que yo dejase de llorar.

Sienna se llevó una mano al corazón.

–Dios mío…

–Nunca se lo había contado a nadie.

–¿Y qué fue de ti?

–Me quedé muy callado después de eso –murmuró Garett, levantándose para tomar una botella de champán y dos copas.

–Pero tú bebes…

–El champán no es vino barato. Y bebo con precaución. No me hace falta emborracharme para pasarlo bien. Además, tengo a mi disposición todos los entretenimientos que puede tener un hombre rico: los mejores restaurantes, las mejores fiestas… –Garett abrió una puerta y Sienna vio un gimnasio totalmente equipado–. De hecho, podría echar el ancla ahora mismo y vivir aquí el resto de mi vida sin volver a pisar tierra. O podría convertirme en un nómada… en un yate de lujo, viajando por los siete mares.

–¿Y lo harías?

–No te preocupes, no pienso ir a ningún sitio hasta que termine con el proyecto de Entroterra. Y luego, ¿quién sabe? Podría ir al océano Índico… aunque si quieres que te sea sincero, pronto echaría de menos mi oficina en Manhattan.

–¿Tienes todo esto y sigues queriendo volver a Nueva York a trabajar?

–Aún no, pero no tardaré mucho, seguro. La única vez que estuve fuera de mi oficina más de una semana fue cuando mi apéndice se cansó de que no le hiciera caso y acabé con una peritonitis –sonrió Garett–. E incluso entonces mis empleados iban al hospital a llevarme trabajo en cuanto pude tomar un bolígrafo.

–¡Pero si a mí me has dicho que me tome las cosas con calma!

–Ya sabes que dar consejos es fácil. Los demás pueden relajarse, yo soy incapaz. Lo he intentado todo. Incluso fui a un médico… nada. Me gusta trabajar.

–Tiene que haber algo que te ayude a relajarte –murmuró Sienna. Entonces miró su reloj–. ¡Mira qué hora es! Tengo que irme. He de hacer la cena para Imelda.

–Ya te he dicho que deberías dejar que Imelda cuidara de sí misma para variar.

–No puedo hacer eso.

Suspirando, Garett llamó al capitán para que preparase la lancha. Cuando llegaron a tierra y le abrió la puerta del coche, Sienna prácticamente se lanzó al interior.

–No deberías hacer eso. La gente va a pensar que quieres escapar de mí.

Sienna estaba deseando llegar a casa, pero no para escapar de Garett. De hecho, todo lo contrario. Casi reunió valor para darle un beso en la mejilla cuando la dejó en la puerta, pero se contuvo en el último momento.

Había descubierto el secreto de su pasado y una idea empezaba a formarse en su mente. Era cierto que tenía que atender a Imelda, pero su madrastra no era la única razón por la que quería volver a Piccia.

Al día siguiente tenía muchas cosas que hacer.

Garett llegó a pie a la mañana siguiente. Ahora que las cercas habían sido reparadas y pintadas de blanco, estaba disfrutando del paseo. En vaqueros y camiseta, iba por el camino que dividía la finca de los Bradley de Entroterra. El principio del verano era agradable, seco, con un cielo azul precioso sobre su cabeza y pájaros cantando por todas partes.

Por una vez en su vida no le apetecía volver a Nueva York y tampoco tenía prisa por terminar aquel proyecto. Era la primera vez que le pasaba eso.

El problema era Sienna, se dijo. Al principio no era nada más que una bella distracción pero, poco a poco, al ver la tristeza que escondían esos ojos azules, había empezado a sentir algo.

Hasta su llegada a Piccia, todo el mundo había hecho lo que quería con ella y no tenía confianza en sí misma. Pero en unos días incluso había sugerido que podrían restaurar una antigua edificación que había cerca de la casa principal para convertirla en un hotel rural.

Esperaba que pusiera todos esos planes en acción antes de que él volviese a Estados Unidos. Al menos entonces tendría la satisfacción de haberla dejado con un negocio del que podría vivir toda la vida.

Garett apretó los dientes, enfrentándose con una triste realidad. Se preocuparía por ella cuando estuviese de vuelta en Nueva York… o al menos pensaría en ella de vez en cuando, se corrigió a sí mismo. Cada día era más decidida, pero iba a necesitar una gran confianza en sí misma.

Entonces oyó un ruido… sonaba como si alguien estuviera golpeando una pared con un martillo pilón. Pero era demasiado temprano; los albañiles no habrían llegado todavía.

Buscó a Sienna en la cocina, pero no la encontró allí. Salió al jardín, donde estaba la casita que quería convertir en un hotel rural, y vio que salía una nube de polvo blanco por la puerta. Debía de ser Ermanno, pensó.

Pero en lugar de encontrarse con Ermanno se encontró con Sienna. Estaba sola, cubierta de polvo de los pies a la cabeza. Al verlo, ella soltó el martillo con un suspiro de alivio.

—¿Se puede saber qué estás haciendo?

—Pues… como hay mucho que hacer y me hace ilusión arreglar esta casa, he decidido empezar yo misma.

—¿Cómo, matándote? ¿Y cómo sabes que no vas a tirar la casa usando esa cosa?

—Todos los muros de contención están marcados en rojo. Y éste no, éste está marcado en azul, así que puedo tirarlo.

—Pero si apenas puedes sujetar el martillo… para hacer ese trabajo se necesita fuerza.

—Yo soy fuerte —protestó Sienna.

Garett tragó saliva. ¿Fuerte? De repente, sentía un absurdo deseo de protegerla. Un deseo que no había sentido nunca.

Sin decir nada le quitó el martillo de las manos

y, flexionando los brazos, empezó a golpear la pared. Si tuviera algo así en Wall Street, pensaba... Así descargaría toda la tensión. Aquel pobre crío... le había gritado de tal forma en medio de la calle que la gente se paró a observar la escena. Ése fue el momento, el segundo en el que Garett se dio cuenta de que tenía que marcharse de allí. Y, sin decirle nada a nadie, se marchó directamente al aeropuerto. No le importaba adónde fuera mientras estuviese lejos de Nueva York.

Y allí estaba, en medio de la campiña italiana, manejando un pesado martillo. La diferencia era que había dejado atrás el tráfico, las hamburguesas, el humo. Allí trabajaba disfrutando del canto de los pájaros y del perfume de las rosas y los olivares.

Y, sobre todo, con la mujer más bella del mundo mirándolo. Sí, aquél era el tipo de trabajo que le gustaba.

Capítulo 11

APÁRTATE, Sienna.

Siempre obediente, ella hizo lo que le pedía.

Levantando el pesado martillo, Garett golpeó la pared, una, dos, tres veces. El rostro de Sienna lo decía todo: estaba impresionada. Y eso le animaba aún más.

–¿Qué tal lo hago? –bromeó, levantando cómicamente las cejas. Ella soltó una carcajada.

–Has hecho más con un par de golpes que yo en una hora.

–¿Sigo?

Los dos sabían la respuesta a esa pregunta.

Garett respiró profundamente y atacó de nuevo el muro hasta que empezó a resquebrajarse. Llevaba años perdiendo el tiempo en una oficina en lugar de hacer algo útil como tirar paredes, pensaba.

Unos minutos después se detuvo para quitarse la camiseta empapada de sudor.

–Ésta es una terapia estupenda.

El sudoroso torso masculino excitaba a Sienna como si la estuviera tocando.

–Sé lo que sientes. A mí me ha pasado lo mismo.

–No –dijo él–. No te lo puedes ni imaginar. Me está dando tal satisfacción poner toda mi energía en algo tan salvaje… estoy librándome de frustraciones que no sabía que tuviera.

–Yo sí lo sabía –sonrió Sienna.

–¿Cómo ibas a saber tú los demonios que llevaba dentro? –preguntó Garett, tomando el martillo de nuevo–. ¿Por qué no vas a buscar una botella de agua? No quiero que te manches.

Pero él sí quería mancharse y quería seguir dando golpes, disfrutando del trabajo físico por primera vez en mucho tiempo.

Cuando volvió a levantar el martillo, Sienna se maravilló al ver cómo flexionaba los músculos. Se merecía algo más que el agua o la cerveza que les daba a los otros trabajadores, pensó, divertida.

Mientras él seguía demoliendo el muro, Sienna volvió a la cocina… en cuanto pudo apartar los ojos de esa espalda.

Garett por fin le dejó el trabajo a los profesionales, pero sólo cuando había quemado todo el estrés. Se sentía satisfecho, casi feliz.

–He traído algo de comer –anunció Sienna a mediodía.

–Ah, estupendo. Voy a lavarme un poco.

Sienna colocó una manta cerca del cobertizo en el que solían guardar los limones y abrió la fiambrera que había llevado. Estaba distraída por la imagen de Garett semidesnudo, golpeando la pared con el martillo...

–Voy a buscar una toalla.

–No hace falta, ya estoy seco –dijo él, poniéndose la camiseta–. Esto huele muy bien.

–Tienes el pelo empapado –rió Sienna.

–Deberías hacer eso más a menudo.

–¿Hacer qué?

–Reírte. Te sienta estupendamente.

Ella parpadeó. Era un halago, pero aquella vez no intentaba meterse en su cama. Garett ni siquiera se había molestado en comprobar el resultado de sus palabras. En lugar de eso, estaba comiéndose el *calzone*, una especie de pizza cuadrada, como si no hubiera comido en dos días. No se quejaba de que hubiera hecho uno grande en lugar de varios pequeños, como solía hacer Aldo. Garett jamás mencionaba sus problemas de dispepsia, acidez, indigestión o intolerancia a los lácteos.

Mientras pensaba en ello, Garett tomó un cuchillo y cortó otro enorme trozo de *calzone*.

–¿Tú no vas a comer nada?

–Cuando tú hayas terminado.

Garett cortó la mitad de su porción para ponerla en el plato de Sienna.

–No pensarás que voy a comer mientras tú esperas, ¿no?

–Es lo que acostumbro a hacer.

Él dejó escapar un largo suspiro.

–Pero no es lo que yo acostumbro a hacer.

Sienna sonrió entonces como no había visto sonreír a nadie, hombre o mujer. Sonreía por… gratitud.

–Espera, yo lo haré –murmuró, cuando levantaba una jarra de limonada.

–No hace falta…

–La jarra es muy pesada –insistió Garett.

Estaba tan ocupado en el proyecto de Entroterra que no había tenido tiempo de pensar en sus sentimientos por Sienna. Pero allí, comiendo con ella en el jardín, se sentía más… más feliz que nunca.

Debía de ser el sol, pensó. Y la ausencia de un ordenador o una llamada internacional.

–Siento que no creyeras que era el dueño del Spinifex, pero tenía mis razones para viajar de incógnito. Quería poner distancia entre mi oficina y yo. Mi equipo me habría encontrado de inmediato de haber usado mi nombre. ¿Me crees ahora?

–Sí.

–No pareces muy segura.

–Bueno… si quieres que te diga la verdad… sigo preocupada. No sé si debo vender ese cuadro…

–¿Por qué no? Así no tendrás que volver a preocuparte por el dinero. ¿Qué hay de malo en eso? Te quedarás sin una monstruosidad y ganarás una fortuna –sonrió Garett. Pero ella estaba muy seria–. ¿Qué te pasa, Sienna? ¿Te duele la cabeza?

–Sí. ¿Cómo lo sabes?

–Quizá porque estabas frotándote la frente como si quisieras hacerte un agujero –bromeó él, sacando algo del bolsillo–. Yo soy un experto en jaquecas y siempre llevo esto a mano –dijo entonces, ofreciéndole un analgésico–. Aunque para aliviarte lo mejor es un masaje.

–No, yo…

–No protestes –la interrumpió Garett, colocándose a su espalda.

Había esperado que se resistiera. Que no protestase lo hizo pensar. ¿Sabría Sienna cuánto la deseaba? ¿Sabría que estaba conteniéndose porque necesitaba apartarse de las mujeres igual que necesitaba apartarse del trabajo? Viéndola hacer una mueca mientras tomaba el analgésico, se preguntó cuál de los dos estaría sufriendo más.

Hacía años que no pasaba más de unas horas sin entrar en el sistema informático de su oficina para ver cómo iban las cosas. Hasta unas semanas antes, la idea de tomarse unas vacaciones habría hecho que se subiera por las paredes. Pero empezaba a darse cuenta de que no necesitaba el trabajo tanto como creía.

Garett seguía dándole un masaje en el cuello y,

durante unos minutos, Sienna se quedó como transfigurada por el roce de sus manos, hipnotizada por el canto de un pájaro sobre la rama de un árbol… No podía moverse, pero tampoco quería hacerlo. Y cuando terminó, dejó escapar un suspiro de desilusión.

—Estás dura como una piedra. Tienes que aprender a relajarte, Sienna.

—Eso estaría muy bien.

—¿Quieres que siga? —le preguntó Garett en voz baja.

—No, déjalo.

—Todo el mundo merece que lo mimen un poco y tú más que nadie, Sienna.

—Molly tenía razón. Eres un encantador de serpientes —sonrió ella.

—No, qué va. Pero puedo leer la mente de las mujeres.

—¿Ah, sí?

—Todas las mujeres quieren placer… y yo soy el hombre que puede dárselo. Y también puedo dártelo a ti.

A Sienna se le paró el corazón. Nerviosa, no pudo resistirse cuando Garett inclinó la cabeza para besarla.

—No, por favor. No podemos… mi madrastra…

—Tu madrastra está encerrada en su habitación, como siempre —le recordó Garett—. Y no puede vernos desde allí.

–Pero esto no es decente…

–Te aseguro que puede ser mucho más indecente –murmuró él–. Todo lo indecente que tú quieras, Sienna. Ni más ni menos.

Luego se levantó, tirando de ella, y deslizó una mano por su brazo.

–Ven conmigo…

–¿Adónde?

–¿Has visto la habitación principal? Los diseñadores ya han llevado los muebles.

–Garett, no puedo…

–¿Por qué no?

Sienna no sabía qué contestar. O si quería contestar. Cada roce, cada mirada aumentaba las diferencias entre su marido y aquel hombre. Apenas recordaba ya los días de su matrimonio. Lo único que existía era la cálida anticipación del cuerpo de Garett…

Estaba temblando de emoción mientras él la llevaba por la casa que había transformado para solucionar sus problemas económicos y, cuando entraron en la habitación principal, se quedó asombrada. No era una simple habitación sino una suite con un saloncito en la entrada, el suelo cubierto por una gruesa alfombra, muebles de madera brillante… y las paredes estaban forradas de damasco. Era como estar envuelta en una burbuja de lujo, algo desconocido para Sienna.

–No puedo. Aquí no…

–Es el sitio ideal. Nadie puede vernos.

–No es eso.

Garett soltó su mano.

–¿Por qué?

–¿Es cierto lo que dice Molly, Garett? ¿Qué tienes una chica en cada puerto?

Él rió, conmovido por su inocencia.

–En mis tiempos tenía chicas prácticamente en cada puerto, ciudad, pradera y valle, por todo lo largo y ancho del mundo civilizado. Y partes del mundo sin civilizar –bromeó, haciéndole un guiño.

–¿Y te acuerdas de todas?

–Por supuesto.

–¿Eran tus novias?

–Sí y no... con cada mujer es diferente.

–Yo no podría soportar enamorarme de un hombre como tú –dijo Sienna en voz baja.

–¿Quién ha dicho nada de amor?

Ella asintió con la cabeza.

–Sí, es verdad. ¿Quién ha dicho nada de amor?

Garett inclinó a un lado la cabeza, sorprendido.

–¿Quieres decir que podrías disfrutar de esta deliciosa tarde sin compromisos?

–No lo sé. Quiero saber lo que me he perdido durante todos estos años, pero no quiero que me hagas daño.

Garett había desarrollado una armadura desde los seis años que ninguna mujer podía atravesar. Su madre estaba muerta y él la había visto morir.

Por eso estaba decidido a tratar a las mujeres como merecían; con generosidad, con respeto. Gilda Lazlo, como tantas otras, nunca había tenido nada de eso en la vida.

—Pero si… —Sienna apartó la mirada, avergonzada—. No se lo dirías a nadie, ¿verdad, Garett? Ni a Kane ni a Molly.

—No, claro que no. Un hombre no cuenta esas cosas.

Se miraron el uno al otro durante unos segundos. Luego Sienna dio un paso adelante y, antes de que pudiese cambiar de opinión, allí estaba él, tomándola entre sus brazos.

—¿Qué diría la gente si lo supiera?

—No van a saberlo. Nadie lo sabrá nunca. Y si se enterasen, se preguntarían por qué has tardado tanto.

—¿Incluso Imelda?

—Imelda se pondría verde de envidia.

Sienna puso las manos sobre sus hombros y lo miró, asombrada.

—Se lo tiene usted muy creído, ¿no, señor Lazlo?

—Si no me digo yo cosas bonitas, ¿quién me las va a decir? —bromeó Garett—. Y vamos a dejar de hablar.

Luego la besó, enredando los dedos en su pelo. El matrimonio le había enseñado a Sienna a ver el sexo en términos de deber, no de placer. Cuando Garett levantó su blusa para exponer el sujetador de color carne que llevaba debajo se le puso la piel de gallina. Pero eso la animó. Tirando de la camiseta blanca de Garett, se quedó hipnotizada por el vello oscuro que cubría su torso.

–Dos pueden jugar al mismo juego –dijo él, quitándole la blusa y enterrando la cara en la curva de sus hombros.

Una descarga eléctrica pareció recorrerla, tan brutal como el roce de la dura barbilla masculina sobre su delicada piel.

–Debería haberme afeitado.

–Da igual –dijo Sienna con voz ronca, cerrando los ojos. Se sentía como transportada a otro mundo. Aquello era tan diferente de su experiencia con Aldo... Quería que todo fuera nuevo y excitante, tocar y que la tocase como jamás habría tocado a su marido.

Seguían de pie y era de día. Evidentemente, la intimidad para Garett no era un problema... incluso a la luz del sol. Él no tenía que esconderse en la oscuridad. Estaba disfrutando. Podía verlo en el brillo de sus ojos. Y quería que ella disfrutase también.

Sin decir nada, le quitó la falda y empezó a acariciar su trasero por encima de las braguitas. Sienna, encendida, empezó a moverse, empujando hacia sus manos, hacia los largos dedos.

Garett tiró de las braguitas y el triángulo de tela cayó al suelo, dejándola expuesta para él.

–Garett…

–Lo sé –murmuró él.

Pero cuando la tomó en brazos lo hizo con tal ardor, con tal fuerza que Sienna se asustó. Sintiendo que se ponía rígida, Garett se detuvo.

–Si quieres que pare dímelo.

–¿Harías eso por mí?

–Haría eso por cualquier mujer.

–¿A pesar de… como estás?

–Sienna, por favor… esta conversación está arruinando el momento –intentó bromear él.

Sienna levantó una mano para acariciar su pelo.

–¿Lo he estropeado todo?

Como respuesta, Garett apoyó la cara en su mano.

–No has estropeado nada. Pero dime cuánto me deseas.

Ella abrió los labios para dejar escapar un gemido de placer. No había tiempo para discursos. Y Garett no necesitaba que lo animase más. Tirándola suavemente sobre la cama, se quitó el pantalón y… Sienna se encogió ante la estruendosa evidencia de su deseo. Pero sólo durante un segundo.

Cuando se tumbó a su lado y buscó su boca con urgente pasión, sintió que se encendía. Envolviéndola en sus brazos, era una fuerza irresistible. Asaltaba todos sus sentidos al mismo tiempo. La cálida fragancia de su masculinidad, la presión de su cuerpo, el sonido de su nombre en los labios masculinos... ella era como un pétalo abrumada por el huracán de su deseo.

Garett, como una sombra gigantesca, se colocó encima y Sienna cerró los ojos, cegada por el placer, por la pasión, por todo aquello que era nuevo para ella. Su lengua era una daga de deseo entrando en su boca para besarla y besarla de nuevo. Sintió la dureza de las manos masculinas rozando sus pechos, los pulgares haciendo círculos para levantar sus pezones. Todo su cuerpo se levantaba en sincronía con los movimientos de Garett. El roce de su erección le excitaba tanto que empezó a jadear de deseo, pidiéndole más. Pidiendo lo que había deseado desde el día que lo conoció.

—Espera... quiero que esto dure para los dos.

El ansia que sentía por ella casi le robaba el control.

—Garett... he esperado tanto este momento. Te deseo tanto...

—Puedes tener todo lo que quieras. No hay límites...

El aliento de Garett escapó en un gemido de deseo. Nunca sabría cómo había tenido que controlarse desde que la vio, desde que la imaginó en la cama con él, en sus brazos, en su poder... pero la realidad era mucho mejor que sus fantasías. No había nada comparable a su piel, a la textura de sus pezones contra su lengua. El placer era tan intenso que tuvo que hacer un esfuerzo para no penetrarla sin más, hundiéndose hasta el fondo en la húmeda cueva que había imaginado de forma tan vívida.

Sienna se agarró a sus hombros. Mientras Garett fuese con ella, estaba lista para saltar por aquel precipicio…

–Nunca he sentido nada así –musitó, casi sin voz–. Garett… te quiero tanto.

Estuvieron en la cama toda la tarde y toda la noche. Garett llenaba su cuerpo, su mente, sus sentidos. Los recuerdos de su frío matrimonio se evaporaron como el rocío bajo los primeros rayos del sol. Sienna no sabía cuándo se quedó dormida, pero despertó al día siguiente y, por un momento, se quedó inmóvil, intentando no despertar a Garett. Había sido una noche larga, ardiente.

Disfrutó por un momento del silencio, preguntándose qué podían hacer con todo un día de verano por delante. Los albañiles prácticamente habían terminado su trabajo y Garett no tendría que hacer nada. Ella lo retendría, atrapado entre sus brazos durante el tiempo que quisiera.

Se estiró perezosamente, intentando acariciarlo con el pie… pero al otro lado de la cama no había nadie. Y cuando se volvió, comprobó que estaba sola.

Sentándose de golpe en la cama aguzó el oído, pero no salía sonido alguno del cuarto de baño.

–¿Garett?

«No te asustes», se dijo a sí misma. Eso era lo primero que la antigua Sienna habría hecho. Debía de haber un millón de razones para que no estuviera allí. Podría haber ido a comprar el periódico o a comprar el desayuno en el pueblo… No, imposible. Garett había dado órdenes a la tienda para que llevasen provisiones tres veces por semana.

Luego pensó que solía entrar en Internet todas las mañanas para estudiar el mercado financiero. Sí, debía de ser eso.

Pero cuando bajó al vestíbulo, donde Garett había instalado su oficina, no lo encontró.

¿Dónde estaba? ¿Por qué se había ido?

Si salía de la casa para interrogar a alguno de los albañiles parecería una mujer desesperada. Sienna estaba desesperada, pero debía ser discreta, de modo que se obligó a sí misma a ducharse y vestirse antes de bajar. Aunque le costó un mundo.

En la pantalla del ordenador había una fotografía del Spinifex… pero cuando pulsó una tecla se encontró delante de una agenda. Garett era muy meticuloso y lo tenía todo organizado.

Sienna estudió los proyectos de cada día, pero no había nada que pudiera sugerir dónde estaba en aquel momento o qué lo habría sacado de la cama.

Asustada, intentó recordar todo lo que había pasado entre ellos, todo lo que se habían dicho. Dos recuerdos, uno amargo y otro dulce, aparecieron en su mente. Primero, lo que Garett había dicho sobre vivir yendo de un lado a otro, sin quedarse en ningún sitio. Y luego se recordó a sí misma diciéndole: «Te quiero tanto…».

Había sentido que Garett se apartaba entonces, sólo durante una milésima de segundo. Pero se apartó.

Sienna se tapó la cara con las manos. ¿Qué había hecho? De todas las cosas que podía haberle dicho a un hombre como Garett Lazlo, cuya vida era tan diferente de la suya… Una declaración así debía de haber sido aterradora para él. Evidentemente, había esperado hasta que se quedó dormida y luego se marchó.

Sienna intentó imaginar dónde podía estar. Quizá había ido a casa de los Bradley. Pero antes de que pudiera llamarlos, vio que había entrado un mensaje en el ordenador. Era una lista de reuniones en Nueva York.

La primera tendría lugar en menos de dieciocho horas.

Sus palabras de amor debían de haber sido de-

masiado para Garett, que había decidido volver a
su vida y olvidarse de problemas. Estaba segura.
Mientras miraba la pantalla, apareció la confirma-
ción de un billete en clase business para Nueva
York a nombre de Garett Lazlo.

Capítulo 12

SIENNA tardó mucho tiempo en apartarse de la pantalla del ordenador. Tanto que cuando lo hizo tenía los ojos enrojecidos.

No tenía sentido ir a buscarlo. Instintivamente, había sabido desde el principio que aquello iba a pasar, pero ahora que tenía que enfrentarse con la realidad…

Garett era un hombre libre. Lo había dejado claro desde el principio. Y había tomado la decisión de irse. Pero, al hacerlo, le había arrancado el corazón.

Fue a la cocina como en trance, intentando entender lo que había pasado. Y cuando abrió el nuevo frigorífico industrial, el aire frío la calmó un poco. Toda su vida había vivido para los demás, sin sueños, sin esperanzas… hasta que apareció Garett. Él le había enseñado a mirar adelante, a ser fuerte. Había cometido un error monumental siendo totalmente sincera con él y Garett había actuado como era de esperar, marchándose.

Y Sienna se dio cuenta de que eso era lo que

ella debía hacer también. Había que finalizar algunas cosas, pagar a los trabajadores… nada que no pudiera solucionar ella misma gracias a su recién adquirida confianza. Una confianza que Garett había inspirado en ella.

Pero Sienna no se sentía inspirada. Se sentía pequeña, abandonada y sola. Sacaba cubiertos y platos sin saber lo que hacía. Y el aroma de los croissants, que Garett había encargado, incrementaba su agonía. Lo había estropeado todo diciéndole que lo quería, la única cosa que un hombre como él no querría escuchar nunca.

Su horrible infancia debía de haberlo dañado. Debía de haberlo hecho incapaz de amar. Después de todo, él mismo le había hablado de una legión de mujeres.

Sienna miró alrededor. Sí, se daba cuenta ahora de que Garett había llevado todo aquello a su vida, pero no la había comprado. No, su dignidad estaba intacta. Se había acostado con él porque deseaba hacerlo, no porque fuera parte de un trato.

Nerviosa, decidió volver al ordenador para entrar en la página de su empresa en Manhattan. Lo que leyó allí confirmó sus peores miedos: un boletín anunciaba que el jefe estaba de vuelta después de sus vacaciones.

Eso había sido para él, unas vacaciones, nada más.

Sienna cerró los ojos, recordando cada momento

de pasión. Luego, el silencio le recordó que estaba sola. O al menos lo estaría si encontraba la fuerza que Garett había querido imbuir en ella. Abrió los ojos y, sin pensarlo dos veces, levantó el teléfono.

Garett Lazlo había hecho que todo cambiara en la finca Entroterra. Pero Sienna se daba cuenta de que también ella podía hacer eso.

Los cambios sólo habían empezado. Ella se encargaría de que fuera así.

Garett empezó a lamentarlo en cuanto se apartó de Sienna. Pero su orgullo le decía que era lo mejor. Ella había dicho que lo amaba y una mujer que decía esas cosas era un problema. Lo sabía por experiencia. El trabajo era la única amante que quería, se decía a sí mismo una y otra vez.

Ahora, mientras atravesaba la terminal del aeropuerto, sin percatarse de la manada de fotógrafos que lo perseguía, el ruido lo estaba volviendo loco. Había olvidado lo ruidosa que era la ciudad de Nueva York. Era tan diferente de la paz y la belleza de Entroterra…

Pero aquél era su sitio. Siempre lo había sido.

Pasaron tres semanas. El rostro de Garett estaba continuamente en televisión y en las portadas de los periódicos. La novedad de que un multimillonario volviera al trabajo después de haber desaparecido sin dejar huella durante unas semanas tenía fascinado a todo el mundo… a todo el mundo salvo a Sienna, por lo visto. Garett había esperado que lo llamase y cada día, cuando no sonaba el teléfono, se le encogía el estómago.

Desde que volvió a Nueva York, montones de chicas habían intentado acercarse a él. Pero no tenía noticias de Sienna. Empezaba a pensar que la había subestimado. Sí, ella era diferente. Nunca le había pedido dinero, al contrario, pensó. Y se dio cuenta de que, por primera vez desde que salió de Piccia, estaba sonriendo. Su sonrisa se amplió al recordar lo que Sienna le había suplicado esa noche…

Garett se echó hacia atrás en la silla, con las manos en la nuca. Otra sensación nueva. El trabajo ya no era lo más importante. Sienna lo había curado de eso. Conocer a Sienna di Imperia había cambiado todo en su vida. Le había dado una nueva perspectiva sobre las cosas.

La felicidad no estaba en el dinero, ni en el trabajo. Llegaba de dentro. Y la mayor felicidad estaba en… en el amor. Un amor que jamás había pensado que pudiera existir para él. Conocer a Sienna le había permitido hacer esa conexión, completar el circuito.

La pieza final del rompecabezas de su vida estaba colocada en su sitio. ¿Cómo podía haber estado tan ciego? Después de tantos años buscando sin descanso sin encontrar nada, Sienna era la respuesta. La respuesta a la desilusión, al vacío que había intentado llenar durante treinta años. Se dio cuenta entonces de qué era lo que había estado buscando durante ese tiempo. Había habido un agujero, un vacío en su vida… y Sienna ocupaba ese vacío perfectamente.

Ahora, lo único que tenía que hacer era descubrir cómo podía llenar el vacío en la vida de Sienna di Imperia.

Sienna intentaba no pensar en Garett, pero no valía de nada. Recuerdos de su cara, de su risa, de sus caricias la perseguían a todas horas.

Él le había mostrado lo bonita que podía ser la vida y lo amaba por ello.

Lo amaba. Ésa era la verdad.

«Puedes tener todo lo que quieras. No hay límites».

Las últimas palabras de Garett se repetían en su cabeza una y otra vez. Oía su voz en sueños. Él le había dado tanto... valor, autoestima, un sentido a su vida. Y la casa había recuperado su esplendor después de años de abandono. Había quedado preciosa y Sienna se sentía orgullosa de ella. Ahora podía pasear por sus salones maravillándose del pan de oro de las molduras, del mármol del suelo, del brillo de los candelabros.

La casa había cambiado tanto que era imposible reconocerla, como era imposible reconocerla a ella. Hasta entonces había sido tímida, retraída, convencida de que tenía que obedecer a los demás. Ahora se sentía… diferente. Si no fuera físicamente imposible, juraría que había crecido en estatura incluso. Y pesaba menos, eso era una realidad. Porque había perdido el apetito. Garett era la causa de eso también.

Perderlo la había cambiado física y mentalmente. Ya no tenía miedo de mirar a la gente a los ojos. Garett le había enseñado que podía exigir, que podía decir lo que pensaba, que debía creer en ella misma.

Y luego había desaparecido de su vida.

Lo único que podía hacer para consolarse era decirse a sí misma que sólo había sido un romance de verano. Que tenía que seguir viviendo, empezar otra vez. Pero su corazón estaba vacío.

Imelda fue la primera víctima de sus sueños rotos. Su madrastra fue trasladada a una de las edificaciones restauradas, al lado de Ermanno y su mujer. Y su ataque de furia no sirvió de nada porque Sienna estaba decidida. Iba a vender la casa y para eso tenía que sacar de allí a su inquilina. Y tuvo suerte; la inmobiliaria encontró un comprador enseguida.

Sienna estaba deseando instalarse en la casita en la que había nacido. Su intención era volver a abrir la panadería, siguiendo la tradición familiar.

Durante su último día como propietaria de aquella casa, decidió dar un paseo por las habitaciones. Entró en el salón de baile, en el comedor, en el cuarto de estar… podía iluminar cada esquina con un interruptor, pero su vida permanecía en sombras. Garett le había dejado una mansión, pero estaba sola en ella y ya no le interesaba. La persona que hizo posible el milagro había desaparecido para siempre.

Mientras estaba en el piso de arriba le pareció oír que se acercaba un coche. Y enseguida oyó un portazo y el tintineo de unas llaves. Mirando el reloj, Sienna se obligó a sí misma a sonreír. Debía de ser el nuevo dueño de la casa.

Mientras se dirigía a la puerta, sus pasos eran cada vez más lentos. Le costaba marcharse de allí. Cuando vivía Aldo, la casa era como una prisión, pero ahora… se sentía atada a ella. Gracias a Garett. La ironía era que el cambio había llegado demasiado tarde.

En cuanto pisó el suelo de mármol del vestíbulo, la puerta se abrió de golpe. Sienna hizo un tremendo esfuerzo para sonreír… pero la sonrisa quedó helada en sus labios.

–¿Garett? ¿Qué haces aquí?

–Yo podría preguntarte lo mismo. Me habían

dicho que mi nueva casa estaba completamente a mi disposición.

–¿Tú eres el nuevo propietario? ¿Cómo?

–¿Cómo? Comprándola, como se compra cualquier otra propiedad –sonrió él–. Le dije a mi agente que buscase un sitio ideal a unos kilómetros de Génova y aquí estoy. Parece que el dinero que te dieron por el cuadro no ha sido suficiente.

–Los recuerdos me obligaron a vender la casa. No el dinero –contestó Sienna.

–Buenos recuerdos, espero.

Ella negó con la cabeza.

–Eso es culpa mía, supongo.

Sienna no lo negó.

Iba vestido de forma impecable, con un traje oscuro y una corbata de seda. Los zapatos tan brillantes que reflejaban la luz del candelabro.

–Sienna, cuando te dejé… no esperaba volver, pero no he podido evitarlo. He sido un tonto durante treinta años. Y sólo han hecho falta unas semanas contigo para darme cuenta de lo que es importante en la vida. Pensé que podría olvidarte, pero… no puedo. No puedo vivir sin ti.

Ella no dijo nada. Estaba tan sorprendida que incluso pensó haber oído mal.

–¿Qué quieres que responda a eso?

Garett dio un paso adelante.

–¿Qué quiero que respondas? Yo me enamoré de una chica con más carácter.

–¿Te enamoraste? –repitió ella–. Me llevaste a la cama y luego desapareciste sin decirme adiós siquiera. ¿Cómo sé que no vas a abandonarme otra vez?

–Porque he venido a casarme contigo.

Garett recorrió la distancia que los separaba y la tomó entre sus brazos. Y la besó hasta que Sienna apenas recordó su propio nombre y mucho menos que estaba furiosa con él.

–Eres mía y has sido la única mujer para mí desde que te vi en el mercado de Portofino –le dijo, con voz ronca–. Cásate conmigo, Sienna. Te necesito, ahora y para siempre.

Quizá no debería discutir. Él había cambiado de opinión y debería mostrarse feliz. Pero tenía que estar segura del todo.

–No quiero que me hagas daño otra vez, Garett.

–No te haré daño. Te lo prometo.

–Pero me dejaste –persistió Sienna–. Me abandonaste mientras dormía.

–Me costó volver a Nueva York, te lo aseguro. Y ya nada era como antes. No podía serlo. No dejaba de pensar en ti… y me resultaba imposible trabajar –sonrió Garett–. Así que mi equipo se ha hecho cargo del trabajo y yo voy a controlar las cosas desde aquí. Le he dicho a los Bradley que volvía por ti, pero Molly me ha contado que no has vuelto a verlos. Lo siento mucho, Sienna. No debería haberme marchado. No sé cómo pedirte perdón. ¿Me dejas que lo intente?

Ella asintió con la cabeza y Garett volvió a besarla. El beso se convirtió en una lenta exploración de su presente, de su futuro, de todo lo que ambos habían echado de menos durante esas semanas.

–No puedo dejar de actuar por impulso cuando estoy contigo –le confesó Garett en voz baja, mientras la besaba en el cuello.

–No me importa –musitó Sienna, sintiéndose segura entre sus brazos–. Lo único que importa es que no volverás a dejarme nunca.

–De eso puedes estar segura, mi amor –le aseguró él, robándole otro beso.

Bianca™

**Corría el riesgo de perder la virginidad
y el corazón...**

El magnate italiano Angelo Emiliani sabía que Anna Delafield trataba de jugar con él. Angelo quería comprar su castillo francés, pero ella parecía estar dispuesta a hacer cualquier cosa para impedírselo. Así que Angelo decidió darle una lección; la tendría cautiva en su yate durante unos días y le enseñaría que nadie jugaba con él...

No tardó en desatarse la pasión y Anna descubrió que el precio que tendría que pagar por detener a Angelo era cada vez más alto. Y ahora había algo más en juego que un castillo...

Atrapada en sus brazos

India Grey

Acepte 2 de nuestras mejores novelas de amor GRATIS

¡Y reciba un regalo sorpresa!

Oferta especial de tiempo limitado

Rellene el cupón y envíelo a

Harlequin Reader Service®
3010 Walden Ave.
P.O. Box 1867
Buffalo, N.Y. 14240-1867

¡Sí! Por favor, envíenme 2 novelas de amor de Harlequin (1 Bianca® y 1 Deseo®) gratis, más el regalo sorpresa. Luego remítanme 4 novelas nuevas todos los meses, las cuales recibiré mucho antes de que aparezcan en librerías, y factúrenme al bajo precio de $3,24 cada una, más $0,25 por envío e impuesto de ventas, si corresponde*. Este es el precio total, y es un ahorro de casi el 20% sobre el precio de portada. !Una oferta excelente! Entiendo que el hecho de aceptar estos libros y el regalo no me obliga en forma alguna a la compra de libros adicionales. Y también que puedo devolver cualquier envío y cancelar en cualquier momento. Aún si decido no comprar ningún otro libro de Harlequin, los 2 libros gratis y el regalo sorpresa son míos para siempre.

416 LBN DU7N

Nombre y apellido	(Por favor, letra de molde)

Dirección	Apartamento No.

Ciudad	Estado	Zona postal

Esta oferta se limita a un pedido por hogar y no está disponible para los subscriptores actuales de Deseo® y Bianca®.
*Los términos y precios quedan sujetos a cambios sin aviso previo.
Impuestos de ventas aplican en N.Y.

SPN-03

©2003 Harlequin Enterprises Limited

Jazmín™

Relaciones peligrosas
Ally Blake

Lo único que ella desea-
ba era sentirse segu-
ra... Él, sin embargo,
amaba el peligro

Desde el accidente que se
había llevado a su prometido
y la había dejado herida,
Kendall York buscaba seguridad y tranquilidad, por lo que
nunca salía de su pueblo.
Al volver de su última misión
como corresponsal de guerra,
Hudson Bennington encontró a
Kendall nadando en la piscina
de su casa... y le encantó.
Sus vidas eran completamente
diferentes, pero Hudson deseaba aliviar el dolor que el
pasado había provocado en
Kendall. ¿Se atrevería ella a
confiar en que Hudson estaría a su lado en el futuro?

Deseo™

Escándalo en la oficina
Anna DePalo

El guapísimo director general de la empresa deseaba a la hija del jefe. Griffin Slater le había hecho el amor a Eva Tremont innumerables veces… pero siempre en su imaginación. Ahora, sin embargo, tenía intención de casarse con ella y tenía un arma secreta con la que pensaba convencerla.

La proposición de Griffin era descabellada… y tentadora. El hombre al que tanto tiempo llevaba manteniendo a distancia le prometía hacer realidad su sueño de ser madre. Pero quizá casarse con él fuera un precio demasiado alto…

**Había encontrado a la mujer que quería…
y estaba dispuesto a todo por conseguirla**